科尔姆·托宾作品4

Colm Tóibín

It made her feel strange as though she were two people, one who had battled against two cold winters and many hard days in Brooklyn and fallen in love there, and the other who was her mother's daughter, the Eilis whom everyone knew, or thought they knew.

BROOKLYN

布鲁克林

〔爱尔兰〕科尔姆·托宾 —— 著

柏栎 —— 译

上海译文出版社

献给彼得·斯特劳斯

目　录

第一章

弗莱瑞街的房子，楼上的起居室里，艾丽丝·莱西坐在窗前，看到姐姐迈着轻快的步伐下班了。艾丽丝望着罗丝穿过街道，从阳光下走到暗处，挎着她在都柏林克莱瑞百货商店①促销时买来的新皮包。罗丝肩披乳白色开襟羊毛衫。她的高尔夫球杆在大厅里。艾丽丝知道，几分钟后，会有人来接姐姐，她不到夏夜消磨殆尽是不会回来的。

艾丽丝的簿记课程即将结束。她腿上搁着本会计系统的书，身后桌上有一本分类账，她的作业就是把一家公司的日常交易记录在借方和贷方的栏目上，上周在职业学校，她已经给这家公司做好了详细笔记。

艾丽丝一听到前门开了，就下楼去。罗丝站在大厅里，面前举着一面化妆镜，细细地端详自己，涂口红和眼影，然后在门厅的全身镜里瞄一眼自己的整体形象，理一理头发。艾丽丝默默看着姐姐润过唇，又照了一回化妆镜才把它收起来。

她们的母亲从厨房来到门厅。

“罗丝，你真漂亮，”她说，“你会是高尔夫俱乐部之花啦。”

① 克莱瑞（Clery’s）是爱尔兰最大最古老的百货商店之一，始建于1853年。

“我快饿死了，”罗丝说，“可没空吃饭。”

“等会儿我专门为你做茶点，”母亲说，“艾丽丝和我现在要去喝茶了。”

罗丝伸手从包里拿出皮夹子。打开，取出一先令纸币放在衣帽架上。“如果你要去看电影就用。”她对艾丽丝说。

“那我怎么办？”她母亲问。

“她回家后会告诉你故事情节的。”罗丝回答道。

“说得好听！”母亲说。

三人都笑起来，这时她们听到一辆车开到门口，按了按喇叭。罗丝拿起高尔夫球杆就走了。

后来，母亲洗碟子，艾丽丝擦碟子，这时候又响起了敲门声。艾丽丝去应门，看到一位姑娘，是她在教堂旁边的凯莉杂货店里认识的那位。

“凯莉小姐叫我捎个口信给你，”姑娘说，“她想和你碰个面。”

“是吗？”艾丽丝问，“她有没有说是什么事？”

“没说。你今晚就过去吧。”

“但她为什么找我呢？”

“天啊，我不知道，小姐。我没问过她。你要我回去问问她吗？”

“不用，没事儿。但你确定这口信是捎给我的？”

“是的，小姐。她叫你去找她。”

艾丽丝已经决定改日再去看电影，又厌烦了分类账，于是换了裙子，穿上羊毛衫，离开家门。她沿着弗莱瑞街和拉夫特街，走到集市广场，又沿着山坡往教堂方向走去。凯莉小姐的店已经打烊，艾丽丝敲了敲旁边通往二楼的门，她知道凯莉小姐就住在楼上。来开门的是早先去过家里的小姑娘，她让艾丽丝在客厅里等着。

艾丽丝听到楼上人的说话和动作，接着小姑娘下来了，说凯莉小姐很快就会过来。

她见过凯莉，母亲不在她店里买东西，因为价钱太贵。她觉得母亲不喜欢凯莉小姐，虽然她想不出理由。据说凯莉小姐卖的火腿是镇上最好的，纯奶油也是最好的，包括乳酪在内的所有货品都是最新鲜的，但艾丽丝觉得自己并没有来过这家店，只在经过时朝里张望过一眼，见过柜台后的凯莉小姐。

凯莉小姐徐徐走下楼梯，走进门厅，开了盏灯。

“嗯。”她说，接着又嗯了一声，好像在打招呼。她面无笑容。

艾丽丝正想说自己是被叫来的，想礼貌地问一下这个时间来是否妥当，但凯莉小姐将她从头打量到脚的目光，堵住了她的嘴。凯莉小姐这种态度，艾丽丝寻思会不会是因为她被镇上某人冒犯了，然后错怪到自己头上。

“你来了。”凯莉小姐说。

艾丽丝注意到衣帽架上靠着好多把黑色雨伞。

“我听说你没工作，但头脑对数字很灵光？”

“是吗？”

“哦，整个镇子，不管是谁都来店里，我什么都知道。”

艾丽丝想，这是不是暗指她母亲一直在另一家杂货店买东西呢，但她吃不准这点。凯莉小姐的厚镜片使得她脸上的表情难以琢磨。

“每个星期天，我们这里都忙得脚底朝天。当然了，别家都不开门的。我们什么样的顾客都有，脾气好的，坏的，无所谓的。按照常规，我七点弥撒之后就开门，从九点弥撒结束直到十一点弥撒尾声，店里挤得水泄不通。我有玛丽帮忙，但她老是反应迟钝，所以我在找一个利索人，要认识大伙儿，还能找对零钱的。但注意了，只在星期天。其他时间我们忙得过来。有人推荐你来。我打听过你的情况，每周七先令六便士，大概能帮衬点儿你母亲。”

艾丽丝发现，凯莉小姐说起话来，每句话末尾都紧抿着嘴，好像有人怠慢了她。

“我的话说完了。这个星期天你就可以开始了，但你明天就得来熟悉价目表，我们会教你怎么用秤盘和切片机。你得把头发扎在后面，再去丹·波尔格店或者伯克·欧李瑞店买一件好点的工作服。”

艾丽丝已经把这次谈话储存起来打算回去倒给母亲和罗丝听了。她希望自己能想出几句聪明话来对凯莉小姐说，而不是一副昭然无礼的样子。但她一直沉默着。

“嗯？”凯莉小姐问。

艾丽丝意识到自己没法拒绝这份工作。有总比没有好，毕竟，目前她就是什么工作都没有。

“啊，好的，凯莉小姐，”她说，“只要您乐意，我随时开始干。”

“星期天你可以去参加七点弥撒。我们都这样，等弥撒结束就开门。”

“真不错。”艾丽丝说。

“那么，明天来吧。如果我忙着，我会让你回去，或者你可以在等待的时间里装一下糖，如果我不忙，我会把整套事务都教给你。”

“谢谢您，凯莉小姐。”艾丽丝说。

“你母亲会高兴你有活干了。还有你姐姐，”凯莉小姐说，“我听说她高尔夫球打得很好。那么现在就乖乖回家吧。你可以走了。”

凯莉小姐转过身，缓缓地上楼了。艾丽丝回去时，想到母亲确实会高兴她找到了赚钱的路子，但罗丝会觉得在杂货店站柜台的工作配不上她。她寻思着罗丝会不会对她直言这一点。

回家路上，她去了好友南希·伯恩家，发现她们的朋友安妮特·奥布莱恩也在。伯恩家的底楼只有一个房间，同时作厨房、餐厅和起居室。很显然南希有什么新闻要分享，而安妮特貌似已经略知一二。艾丽丝一来，南希就借口出门散步，以便她们可以去说悄悄话。

“出了什么事？”她们一到街上，艾丽丝就问。

“先离家一英里，我们再说话，”南希说，“我妈妈有些觉察，但我没告诉她。”

她们沿弗莱瑞山街往东走，穿过米尔公园路，来到河边，沿着散步道向灵伍德走去。

“她和乔治·谢里登约会了。”安妮特说。

“什么时候?”艾丽丝问。

“星期天晚上，在‘雅典娜神庙’① 的舞会上。”

“我以为你不会去的。”

“我是不想去，可还是去了。”

“她整晚都在和乔治跳舞。”安妮特说。

“我没有，只跳了最后四支舞，后来他步行送我回家。但大家都看见了。我奇怪的是你一点风声都没听到。”

“你还会跟他见面吗?”艾丽丝问。

“我不知道，”南希叹了口气，“也许我只能在大街上遇到他了。昨天他开车从我身边经过，按了按喇叭。如果之前舞会上有别的人，我是指他那类的人，他会去和她跳舞的，但那里没有。他和吉姆·法雷尔一起来的，但那人只是杵在那里看我们。”

“如果他母亲知道了，不知道会说什么，”安妮特说，“他母亲很吓人的。我讨厌在乔治不在的时候去她店里。我母亲让我去买过两片咸肉，那老家伙跟我说，她家咸肉不卖两片的。”

艾丽丝告诉她们，她得到了一份在凯莉小姐店里的工作，每周日去。

“我希望你已经告诉她该怎么办。”南希说。

“我说我肯干的。这没坏处。这意味着我可以用自己的钱陪你

---

① “雅典娜神庙”是当地的剧院兼音乐厅。

去雅典娜神庙，免得你被别人盯上。”

“不是这样的，”南希说，“他人很好呢。”

“你打算再跟他见面？”艾丽丝又问了一遍。

“星期天晚上你和我一起去吗？”南希问艾丽丝，“他不一定会在那儿，安妮特没法去，但如果他在那儿，又不邀请我跳舞，甚至不看我一眼，我就需要安慰了。”

“我可能会在凯莉小姐店里干得太累了。”

“但你会去的，对吗？”

“我好多年没去那里了，”艾丽丝说，“那些乡下人我个个讨厌，镇上人更糟糕。一半都喝得醉醺醺的，只想把你带到制革巷①去。”

“乔治不是那样的。”

“他那么自命不凡，才不会去制革巷那一带呢。”安妮特说。

“也许我们会问问他，他是否考虑将来卖两片的咸肉。”艾丽丝说。

“什么都别跟他说，”南希说，“你真要去为凯莉小姐工作吗？那可是卖咸肉的地儿。”

接下来两天，凯莉小姐带艾丽丝熟悉了店中所有的物品。每次艾丽丝想拿张纸来记录茶叶的不同品牌、包装盒的各种型号，凯莉小姐就告诉她写下来只是浪费时间，最好记在心上。她说，

① 制革巷居住的大多是下层人民。

香烟、黄油、茶叶、面包、瓶装牛奶、盒装饼干、熟火腿和腌牛肉是迄今为止星期天最热销的货，挨下来就是沙丁鱼罐头、鲑鱼罐头、橘子罐头和梨罐头，以及水果色拉、罐装鸡肉、火腿酱、三明治酱、奶油色拉。她先把每种东西拿给艾丽丝看，再告诉她价格。当她觉得艾丽丝已经记住这些价格时，就继续讲别的货，比如盒装新鲜奶油、瓶装柠檬水、番茄、莴苣叶、新鲜水果和大盒冰激凌。

“你不介意的话，现在有人星期天来这儿找他们应该在工作日买的东西。你能怎么办呢？”凯莉小姐不满地扁着嘴，列出肥皂、香波、卫生纸和牙膏，并说出不同的价格。

她补充道，有些人也会在星期天来买几包糖、盐，乃至胡椒粉，但不会买很多。甚至有人会来找金糖浆，或者小苏打、面粉，但这些东西大多是在星期六卖的。

凯莉小姐说，常有小孩来买巧克力、太妃糖、袋装果子露或娃娃软胶糖，男人则来买散装烟和火柴，玛丽会应付这些事儿，但她不擅长大宗订购，也记不住价格。凯莉小姐继续说，店里人多的时候，她老碍事，而不是帮忙。

“我没法阻止她莫名其妙地瞪着人家看，甚至对一些常客也这样。”

艾丽丝看到，店里的货物打理得很好，有许多不同品牌的茶叶，其中有些非常昂贵，而所有的价格都超过弗莱瑞街的海斯杂货店、拉夫特街的 L&N 杂货店，以及集市广场的谢里登店。

“你要学会怎么包装糖，怎么包面包，”凯莉小姐说，“嗯，这是玛丽难得做得好的事，老天帮忙。”

这几天艾丽丝在店里练习的时候，每当有顾客进门，她发现凯莉小姐的态度会因人而异。有时候她一言不发，只是咬牙站在柜台后，那架势像在说很不乐意那顾客来她店里，恨不得对方立刻就走。而有些人她则对之干笑，用极其忍耐的目光打量他们，收钱的动作像是施舍很大的恩惠。还有一些顾客，她热情地招呼他们的名字。其中很多人都在她那儿记账，并不付现金，她在分账本上记录时，会问候人家身体健康，聊几句天气，评一下火腿、咸肉的质量，或者是货架上各式各样的面包，从苏格兰面包、鸭肉面包到葡萄干面包。

“我正在教这位年轻小姐。”她对一位顾客说道。她对这位顾客的评价似乎在其他人之上，那是一个刚烫过发卷的女人，艾丽丝从没见过。“我正在教她，我希望她要非常积极才好，因为玛丽——上帝保佑她——很积极，但那无济于事，甚至比无济于事还不如。我希望她聪明伶俐并且靠谱，但这世道你没法拿爱和金钱换来这些。”

艾丽丝看了看玛丽，她正不安地站在收银机旁侧耳倾听。

“但上帝造出各种型号的人。”凯莉小姐说。

“哦，你说得太对了，凯莉小姐，”烫发女人边说边往自己的束绳袋里装着食品杂货，“抱怨是没用的，对吧？当然啰，我们难道不需要扫大街的吗？”

星期六，艾丽丝从母亲那里借来了钱，去丹·波尔格店买了一件深绿色的店员服。当晚她问母亲要了闹钟。她早晨六点就得起床。

由于跟艾丽丝年纪最接近的杰克已随两个哥哥去了伯明翰，她就搬进了哥哥们的房间，让罗丝独住一间，母亲每天上午都会打扫那间屋子。母亲的退休金不多，她们的生活都倚仗罗丝，她在大卫磨坊公司上班，她们绝大多数的开支都用她的工资。其他额外的支出则靠在英国的哥哥们零星寄来。罗丝每年两次趁商店打折季去都柏林，一月份带回来新大衣和套装，八月份带回来新连衣裙、新毛衣、短裙和衬衫，罗丝总是买那些她认为不会过时的款式，然后放到明年再穿。罗丝的大多数朋友都已结婚，不少是孩子都已经长大的半老徐娘，或者就是丈夫在银行工作的，她们有时间在夏夜去打高尔夫球，或者在周末打四人二球赛。

艾丽丝想，已经三十岁的罗丝，年复一年，光艳照人，虽然已有过数任男友，却依然单身。她说自己的生活比许多推着婴儿车过大街的老同学都好得多。艾丽丝很为姐姐骄傲，因为罗丝极为关爱自己的形貌，也很关照镇上和高尔夫俱乐部的朋友。她知道罗丝曾经想帮她找个坐办公室的工作，她学簿记和初级会计课程，是罗丝买的书。但她也知道，至少在目前的恩尼斯科西①，无论资质多好，也找不到工作。

艾丽丝没有告诉罗丝，她从凯莉小姐那里得到了工作，但她在受训期间，却把所有的细节都倒给母亲听，母亲乐不可支，还

① 恩尼斯科西，爱尔兰韦克斯福德郡第二大镇，也是作者托宾的故乡。

让她把某些事情再讲一遍。

“那个凯莉小姐，”母亲说，“跟她妈妈一样坏，那里一个工人告诉我，那女人是邪恶的化身。她结婚前，不过是罗奇家的女仆罢了。凯莉店以前是杂货店兼作旅馆，如果你为她工作，甚至是住在那里，在店里谈生意，她都会露出邪恶嘴脸。当然，除非你有大把的钱，或者是神职人员。”

“我在那里干到找到更好的工作为止。”艾丽丝说。

“我告诉罗丝时，就是这么对她说的，”母亲回答说，“如果她对你说什么，你别理她。”

然而罗丝从未提起艾丽丝即将在凯莉小姐店里工作的事，反而送给艾丽丝一件她自己不常穿的浅黄色毛衣，一个劲说这颜色她穿不好看，更适合艾丽丝。她还给了她口红。周六晚，她很迟才回家，没见到艾丽丝。虽然南希和安妮特要去看电影，但艾丽丝为了能精神抖擞地去上她在凯莉小姐店里的第一个星期天的班，早早上床了。

多年以来，艾丽丝只有过一次做七点弥撒的经历，那是一个圣诞节的早晨，当时父亲还在世，哥哥们也在家。她记得，大家都还在睡梦中的时候，她和母亲蹑手蹑脚地走出家门，把礼物留在楼上起居室的圣诞树下，等罗丝、哥哥和父亲起床后正准备打开礼物时，她们才回来。她记得镇上的黑暗、寒冷和美丽的空寂。现在，闹钟敲响六点四十分时，她离开家门，工作服放在手提包里，头发扎成马尾。她穿过街道向大教堂走去，确保自己有充裕的时间。

她记得在几年前的那个圣诞节早晨，大教堂中央走道座无虚席。女人们要在厨房干一上午的活，所以希望早些开始。但现在那里几乎没有人。她四顾寻找凯莉小姐，但直到领圣餐，才发觉自己和她的座位只隔着过道。她看着她双手合十，垂目走过中央走道，身后跟着戴黑色披肩的玛丽。她想，她们一定和她一样没有吃饭，她寻思着她们何时才能用早餐。

弥撒结束后，她决定不在教堂庭院里等凯莉小姐，而在报亭旁逗留，看他们把一捆捆的报纸打开，然后她去店外等。凯莉小姐来的时候，没和她打招呼，也没笑容，只是径直走向边门，叫艾丽丝和玛丽等在外头。等她开了大门，亮了灯，玛丽走到店铺后间，将大面包拿到柜台上来。艾丽丝发觉这是昨天的面包，星期天是不送面包的。她看凯莉小姐打开一卷新的黄色粘纸，用来引苍蝇，并叫玛丽站在柜台上，把粘纸贴到天花板上，换下粘满了苍蝇的旧纸片。

“没有人喜欢苍蝇，”凯莉小姐说，“特别是在星期天。”

不久，有两三人到店里来买烟。虽然艾丽丝已经穿上了店员服，凯莉小姐还是让玛丽去接待。顾客走后，凯莉小姐叫玛丽上楼去泡一壶茶，送到报亭去换来一份报纸，艾丽丝明白这是免费的《星期天报》。凯莉小姐把报纸折起来放在一边。艾丽丝注意到凯莉小姐和玛丽都不吃不喝。凯莉小姐领她去了后间。

“那里的面包，”她指着一个桌子说，“是最新鲜的。昨晚才从斯塔福德店运来，但只卖给特定的顾客。所以你不管做什么都别动那些面包。其他的面包对绝大多数顾客来说都够可以了。我们已经没番茄了。那些番茄不能卖，除非我下明确的指示。”

九点过后，第一群人涌进来。想买香烟和糖果的人似乎知道该去找玛丽。凯莉小姐站在后面，一边盯着大门，一边盯着艾丽丝。她核查艾丽丝写下的每一个价格，简洁地提醒她记不住的几个，她把价格都写下来，等艾丽丝算好总价后，她自己再算一遍，她要看过艾丽丝收的钱后，才允许她给客人找零。同时，她招呼某些客人的名字，让他们过来，叫艾丽丝停下手头的工作接待他们。

“哦，普伦德加斯特夫人来了，”她说，“新来的姑娘会招呼您的，玛丽会帮您把东西都拿到车上。”

“我得把这事先做完。”艾丽丝说，只差几件东西她就能完成一份订单了。

“哦，玛丽会做的。”凯莉小姐说。

此时柜台前已经排了五个人。“我是下一个。”当凯莉小姐又拿了些面包回到柜台时，一个男人朝她喊道。

“现在我们忙得不可开交，你得再等等。”

“但我是下一个，”男人说，“那个女人却轮到我前面了。”

“那你想买什么？”

男人拿出张购物清单。

“艾丽丝会招呼你的，”凯莉小姐说，“但得等到墨菲夫人之后。”

“我也排在她前头。”男人说。

“我想你搞错了，”凯莉小姐说，“艾丽丝，赶快，人家等着呢。没人有时间等，他是下一个，排在墨菲夫人后边。那个茶叶你找了多少零钱？”

就这样一直持续到将近一点。中间没有休息，不能吃喝，艾丽丝快饿死了。大家买东西都不排队。凯莉小姐告诉儿个顾客，她有又好又新鲜的番茄，其中两位还是罗丝的朋友，她们和艾丽丝熟悉地打招呼。凯莉小姐亲自称了番茄，似乎有些诧异艾丽丝认得这些顾客，但她对其他人坚决地说今天番茄卖完了。对有些顾客，她毫不掩饰，有点自豪地捧出新鲜面包。艾丽丝知道，原因是镇上没有一家店像凯莉小姐的店这么备货齐全，又在星期天开门，但她仍然感觉到大家来这儿是习惯使然，他们不介意等待，喜欢这种熙熙攘攘。

虽然那天艾丽丝打定主意不在家里的餐桌上提起她在凯莉小姐店里的新工作，除非罗丝率先提起。但大家一坐下来，她就情不自禁地开始描述这个上午了。

“那店我去过一次，”罗丝说，“是从弥撒回家的路上，她先给玛丽·德拉亨特买，再轮到我。我转身就出去了。而且那里有股味道。我想不出是什么。她有个小奴隶，是吧？她把她从修道院里弄出来的。”

“她父亲还好，”母亲说，“她却没遗传到，因为她母亲是邪恶的化身，我跟你说过的，艾丽丝。我听说，有个女仆烫伤，她甚至不让她去看医生。内莉刚学会走路，就在她母亲手下干活。她从来不见天日，这才变成这样。”

“内莉·凯莉？”罗丝问，“真是她的名字？”

“她在学校里不是这个名字。”

“那是什么？”

“人人都叫她刺毛女凯莉。修女也管不住我们。我对她记得很清楚，她比我小一两岁。老是有五六个女孩子跟着她从仁慈修道院里出来，喊着‘刺毛女’。她这么疯也不奇怪。”

片刻静默中，罗丝和艾丽丝思考着这句话。

“有点哭笑不得。”罗丝说。

饭间，艾丽丝发现自己能模仿凯莉小姐的声音，姐姐和母亲笑了起来。她想，是否只有自己才记得杰克——她最小的哥哥，老爱模仿星期天的布道、收音机里的体育比赛评论员、学校里的老师，还有镇上的很多人，她们也老是笑。她不知道，自从杰克随哥哥们去了伯明翰后，这是否是她们第一次在餐桌上笑闹。她很想说说杰克的事，但她知道这会让母亲很难过。即使他写信来，大家也是默不作声地传阅。于是她继续模仿凯莉小姐，直到有人来找罗丝去打高尔夫球，而艾丽丝和母亲就擦桌洗碟。

晚上九点，艾丽丝去南希·伯恩家，心知自己并没有好好打扮。她洗过头发，穿上夏季的连衣裙，但觉得自己看上去很不入时。她暗自打算，如果南希和乔治·谢里登跳舞超过一支的话，她就自己回家。她很高兴罗丝走之前没看到她，这样她就能整理一下发型，涂点化妆品，大致把自己弄得好看些。

“好，我们约定，”南希说，“谁都不看乔治·谢里登，他可能会和橄榄球俱乐部的一大群人在一起，也可能压根不会来。他们经常在礼拜天晚上去考敦镇。所以我们得好好聊天。我不会和任何人跳舞，免得他来看到。所以如果有人来请我们跳舞，我们就站起来到女厕所去。”

南希最终还是把上周日与乔治·谢里登跳舞的事告诉了母亲和姐姐，她得到了帮助，但显然也找了不少麻烦。她前天去做了头发。她穿了一件以前艾丽丝只见过一次的蓝色连衣裙，眼下正在浴室镜子前化妆，而她母亲和姐姐进进出出，对她提出建议，评头论足，欣赏赞美。

她们默默地从弗莱瑞街走到教堂街，转过城堡街，进入雅典娜神庙楼上的大厅。艾丽丝一点也不奇怪南希的紧张。一年前，南希的男友深深伤害了她，某个晚上带着另一个姑娘在与这里相似的大厅里，整晚上都与那姑娘在一起，无视坐在旁边看着的南希。后来他去了英国，中途短暂回家，为了与那晚和他在一起的姑娘结婚。乔治·谢里登不仅相貌英俊，有辆汽车，还有个店铺，在集市广场的生意蒸蒸日上。在他母亲过世后，他可以全额继承这家店铺的遗产。艾丽丝和南希环顾舞厅，假装她们并没有在寻找某个人，艾丽丝心想，对于在巴特尔大麦熏肉店站柜台的南希而言，与乔治·谢里登约会就像一场美梦，她不愿从中醒来。

好几对男女在跳舞，有几个男人站在大门旁。

“他们看起来像是在家畜集贸市场一样，”南希说，“天呐，我讨厌这种发油。”

“如果有人过来，我就会立刻站起来，”艾丽丝说，“然后你告诉他们，你要和我去洗手间。”

“我们应该戴酒瓶底眼镜，长龅牙，头发油腻腻的。”南希说。

舞厅里人渐渐多了，但没有乔治·谢里登的影子。有人走过大厅来请女人跳舞，但没有人走向南希或艾丽丝。

“我们要变成出名的壁花了。”南希说。

“还有更难听的说法呢。”艾丽丝说。

“啊，行啊，你可以叫考特纳库迪公交车[①]。”南希答道。

她们笑停当了，再次环顾舞厅，这时其中一个又开始嘻嘻哈哈，另一个也笑了起来。

“我们的样子肯定疯了。”艾丽丝说。

突然，身边的南希严肃起来。艾丽丝望向卖饮料的吧台时，看到乔治·谢里登、吉姆·法雷尔和他们几个橄榄球俱乐部的朋友来了，还带着一群年轻姑娘。吉姆·法雷尔的父亲在拉夫特街上开一家酒吧。

“原来如此，”南希小声说，“我要回家了。”

“等等，别这样，”艾丽丝说，“我们去洗手间最里面的位置，商量一下怎么办。”

她们等了一会，就穿过空无一人的舞池。艾丽丝觉得乔治·谢里登已经看到她们了。在洗手间里，她叫南希什么都别做，只是等着，到下一支舞曲进入高潮时，她们再出去。一切依计划

① 考特纳库迪公交车，据作者说是一个当地笑话。

行事，艾丽丝扫了一眼乔治和他朋友的位置，却和乔治眼神相撞。她们寻找座位时，南希的脸红了，就像被修女们叫到门外去罚站似的。大家跳舞时，她们默默无言地坐着。艾丽丝觉得无论说什么都很莫名，干脆一言不发，但她意识到，如果有人注意到她们，就会看到一幅悲惨的景象。她打定主意，只要南希稍稍暗示这支舞曲结束后她们就走，她会立刻同意。事实上，她希望现在就已经在门外了，她知道她们过后会有法子把这事说笑一通的。

然而一曲将尽时，乔治却赶在音乐还未响起之前就走过来邀请南希跳舞。南希起身时，他冲艾丽丝笑了笑，艾丽丝也报之一笑。他们开始跳舞了，乔治自如地聊着，南希似乎正努力让自己显得高兴。艾丽丝移开了目光，免得她的注视让南希尴尬。她盯着地面，希望没人会来邀舞。她想，现在好办多了，只要这曲结束，乔治请南希再跳一支舞，她就可以悄悄溜回家。

但是乔治和南希却朝她走来，说他们想去吧台喝柠檬汁，乔治要请艾丽丝也喝一杯。她起身与他们一起穿过舞厅。吉姆·法雷尔站在吧台旁帮乔治留了位置。他们其他几个朋友都在近旁，艾丽丝知道一两个的名字，另几位也只是面熟而已。他们走过去时，吉姆·法雷尔转过身，一只胳膊肘还支在吧台上。他上上下下地打量南希和艾丽丝，既不点头，也不开口，然后就走开去与乔治说话。

音乐再次响起，几个朋友走向舞池，但吉姆·法雷尔没动。乔治把满杯的柠檬汁递给南希和艾丽丝，打算正式地把她们介绍给吉姆·法雷尔，但吉姆只是淡淡地点了点头，连手也没握。乔治似乎不知所措地站着喝饮料。他和南希说了两句，南希回应了他。接着他又喝饮料了。艾丽丝心想他会怎么做呢，显然他朋友不喜欢南希和自己，也没有要与她们交谈的意思。艾丽丝恨不得自己没有被这么带到吧台来。她喝着饮料，看着地面。当她抬起头时，看到吉姆·法雷尔正冷冷地望着南希，但他立刻发现自己被艾丽丝注意到了，便转移阵地，面无表情盯着她。她看到，吉姆·法雷尔穿着昂贵的运动夹克，以及系着领巾的衬衫。

乔治把玻璃杯放在吧台上，转向南希，邀她跳舞。他朝吉姆打了个手势，像是建议他也这么做。南希朝乔治露出笑容，又朝艾丽丝和吉姆笑了笑，放下饮料，与他一起步向舞池。她仿佛心中放下了一块石头，高兴起来了。艾丽丝游目四顾，发觉吧台上只有她和吉姆·法雷尔两人了，而姑娘们待的舞厅一侧也已经没有空位。她无法可想了，除非再去洗手间或者回家。那一瞬间，吉姆·法雷尔似乎要跨前一步，请她跳舞。别无选择的艾丽丝准备接受邀请，她要给乔治的朋友一点面子。正当她要点头时，吉姆·法雷尔却貌似又在三思了，朝后退了一步，环视舞厅，流露出几乎是傲慢的神情，对她不理不睬。他没再看她一眼，一曲结束，她走开去找到了南希，悄悄对她说她要走了，回头再约。她与乔治握了握手，借口说自己累了，然后尽可能端着架子离开了舞厅。

次日吃晚饭时，她将这段事告诉了母亲和罗丝。起初她们对南希一连两个礼拜天晚上与乔治·谢里登跳舞的事抱有兴趣，一听说吉姆·法雷尔的冷漠，立刻更有兴致了。

“以后都别走近那雅典娜神庙。”罗丝说。

“你父亲与他父亲很熟，”母亲说，“很多年前，他们好几次一起去赛马。你父亲有时也在法雷尔家的酒吧喝酒。酒吧打理得相当好。他母亲是个好女人，娘家是格兰布瑞恩镇上的达根家。一定是橄榄球俱乐部把他变成那样的，他父母养了这么个办事不牢的小子一定很伤心，因为他是独生子。”

“听起来他就不靠谱，他样子也不靠谱。”罗丝说。

“嗯，但他那晚心情不好吧，”艾丽丝说，“我只能这么说了。我想他是觉得乔治应该和比南希更有地位的女人在一起吧。”

“这可没道理，”母亲说，“南希·伯恩是镇上最漂亮的姑娘之一。乔治得到她是撞了大运了。”

“不知道他母亲是否同意。”罗丝说。

“有些镇上的小店主，”母亲说，“尤其是那些买便宜货来倒腾的，不过就有个几米长的柜台，整天坐在那里等顾客。我不晓得他们为什么把自己看得那么高。”

艾丽丝每个星期天去工作，凯莉小姐只付七先令六便士，但其他时间她也不时让玛丽去叫艾丽丝来。一次是她想去做头发，但不想关店门，一次是她要把货架上所有罐头拿下来除尘后再放回去。每次她给艾丽丝两个先令，但都让她干好几小时，一边喋喋不休地抱怨玛丽。每次艾丽丝临走前，凯莉小姐都会给她一条面包，让带给她母亲，但艾丽丝知道这是不新鲜的。

“她一定以为我们是讨饭的，”母亲说，“我们要不新鲜的面包做什么呢？罗丝会气坏的。下次她叫你去你别去，就说你忙着呢。”

“但我不忙啊。”

“会有好工作的。我每天都在祈祷这事。”

母亲用不新鲜的面包做了面包屑，烤了瓤馅猪肉。她没告诉罗丝面包屑是哪来的。

罗丝一点下班走回家，一点三刻去上班，某天午餐时，她提到昨晚与一位神父打高尔夫球。他是弗勒德神父，很多年前认识他们父母，当时她还年幼。他是从美国回来度假，这还是二战以来他第一次回家。

“弗勒德？”母亲问，“摩纳吉尔村附近有许多人姓弗勒德，但我不记得哪个当了神父。我不知道他们情况怎样，现在都看不到人了。”

“那里有墨菲·弗勒德一家。”艾丽丝说。

“不是同一家。”母亲答道。

“不管怎样，”罗丝说，“我请他来喝下午茶，他说想来拜访你，明天就来。”

“哦，上帝，”母亲说，“美国神父会喜欢什么点心呢？我得去弄点熟火腿。”

“凯莉小姐有最好的熟火腿。”艾丽丝笑着说。

“谁都不要去凯莉小姐那儿买东西，”罗丝应道，“弗勒德神父客随主便。”

“熟火腿和番茄生菜一起做怎样？还是烤牛肉？他喜欢油炸的吗？”

“随便做什么，”罗丝说，“多点黑面包和黄油。”

“在餐厅吃吧，用好的瓷餐具，我大概能买到一点鲑鱼，他喜欢吃这个吗？”

“他人很随和，”罗丝说，“不管你在他面前放什么，他都吃。”

弗勒德神父身材高大，口音兼有爱尔兰和美国腔。从他的谈话中，艾丽丝母亲想不出自己曾经认识他或他的家人。他说他母亲是罗克福德小镇上的人。

“我想我不认识她，”母亲说，“我们认识的唯一一个罗克福德人是老斧头。”

弗勒德神父肃然看着她。“斧头是我舅舅。”他说。

“是吗？”母亲问道。艾丽丝瞧出她快要干笑了。

“但当然我们不是这么称呼他的，”弗勒德神父说，“他的真名是谢默斯。”

“喔，他人非常好，”母亲说，“我们那么叫他是不是很不好呢？”

罗丝倒茶，艾丽丝则悄悄离开房间，她怕自己再待下去就会忍俊不禁了。

她回来后发现弗勒德神父已经听说了她在凯莉小姐店里的工作，也知道了工钱，对工钱这么低表示相当惊讶。他询问了她的资质。

"在美国，"他说，"你会有很多工资不错的工作。"

"她打算去英国，"母亲说，"但儿子们说再等等，现在去那里不是好时机，她也许只能进工厂。"

"在布鲁克林，在我的教区那里，就能得到白领的工作，只要人努力诚实，受过教育。"

"但那太远了，"母亲说，"这是唯一的问题。"

"布鲁克林有些地方，"弗勒德神父说，"很像爱尔兰，到处是爱尔兰人。"

他跷起二郎腿，端起瓷杯喝了口茶，沉默了片刻。屋里的静默让艾丽丝意识到大家都在思考。她望了望对面的母亲，母亲却似乎故意避开她的眼神，只是盯着地面。而一向擅长在客人面前推动话题的罗丝，也一言不发。她转动着她的戒指，然后又去转手镯。

"会是个大好机会，特别是你还年轻。"弗勒德神父最后说了一句。

"可能会很危险。"母亲说，仍然目光垂地。

"在教区没事儿，"弗勒德神父说，"那里的人都很友善。在教区附近生活的人很多，甚至比爱尔兰还多。只要想工作，就会有工作。"

艾丽丝觉得自己就像个家里来了医生的小孩，而母亲战战兢兢地聆听。罗丝的沉默使她诧异，她望了她一眼，希望姐姐能问个问题，或者评论几句，但罗丝仿佛沉浸在梦中。艾丽丝看着她时，蓦地发觉她从未见过罗丝如此美丽。接着她意识到，已经有必要来记住这个屋子，记住她姐姐和这个场景，好像她已身在遥远的地方。在持续的沉默中，她知道，这一切都是暗中安排好的，她将会去美国。她相信弗勒德神父被邀请来此，是因为罗丝知道他会安排这一切。

因为母亲一直以为艾丽丝会去英国，所以这一新的转念让艾丽丝甚为吃惊。她寻思，假如她没有在那家店里工作，没有把自己每周在凯莉小姐手下所受的羞辱告诉她们的话，她们还会这么乐意让这段谈话发生吗？她后悔对她们和盘托出，她之所以说那么多，是因为罗丝和母亲听了都很开怀，使她们一起就餐的时光变得欢乐，自从父亲过世，哥哥们离家后，吃饭难得这么香。她这才明白，她们并不认为她给凯莉小姐工作这事有趣，当弗勒德神父赞扬完他布鲁克林的教区，又说他一定能帮艾丽丝找到称心的工作时，她们也没有表示反对。

之后几天，没人提及弗勒德神父的来访，也没说到他让艾丽丝去布鲁克林的提议，但正是这种沉默让艾丽丝相信，罗丝和母亲已经讨论过此话题，并且是赞同的。她从未想过要去美国。许多她认识的人去了英国，并且经常在圣诞节或暑假回来，这是小镇生活的一部分。虽然她也认识一些定期从美国收到美元和衣服作为礼物的朋友，但那只是他们的叔叔阿姨寄来的，这些人早在战前就移民去了美国。她不记得这些人曾在假期出现在镇上。她知道，穿越大西洋是漫长的旅程，至少要坐船一星期，而且费用昂贵。她还有这样一种感觉，那些镇上的姑娘小伙去了英国，做普通的工作，拿普通的工资，但那些去了美国的人，她不知道他们是如何发财的。她想搞明白自己何以会有这种想法：那些生活在英国的镇上人怀念恩尼斯科西，而去美国的人都不想家。他们活得愉快而自豪。她想是否当真如此呢。

弗勒德神父没有再来。他回布鲁克林后，给艾丽丝母亲写了封信，说他一到那里，就对他的一个教民——一个有意大利血统的批发商——说了艾丽丝的事。他让莱西夫人知道，很快就会有职位空出来的。但并非是他期望的办公室工作，而是在那位绅士经营的一个大商场里的营业区。但他补充说，他确信只要艾丽丝第一份工作令人满意，就会有很多提升的机会和无比广阔的前景。他还说，他会给大使馆提供妥当的材料，虽然现在这种事情常常不好办，他还肯定能在教堂附近给艾丽丝找到合适的宿舍，离她单位不会很远。

母亲读完信后，递给了艾丽丝。罗丝已经去上班了，厨房里一阵沉默。

“他好像非常有诚意，”母亲说，“我得这么说。”

艾丽丝又读了一遍关于营业区的那句话。她觉得他的意思是，她会去站柜台。弗勒德神父没有提到她会赚多少钱，也没提到她怎么筹钱来付这笔费用。他只是建议她去和都柏林的美国大使馆接洽，并强调了她在走之前需要哪些材料，以便可以尽快准备。她一遍遍读着信，母亲背着身在厨房里踱来踱去，一言不发。艾丽丝坐在桌边，也沉默不语，心想母亲何时才会转过来对她说话。她数着时间，静坐等待。她知道母亲其实没什么事要做，不过是给自己找活干，否则就得转过身来。

终于，母亲转身叹了口气。

“好好留着这封信，”她说，“罗丝回来我们给她看看。”

几周之内，罗丝安排好了一切，甚至因为通电话而与美国大使馆里的一个人交上了朋友，此人寄来了需要的表格和一份授权医生的名单，让爱丽丝去开健康证明，以及其他一些大使馆需要的东西，包括确切的录用通知，与艾丽丝资质相符的具体职位，她出国后的经济担保，以及一系列的品格证明。

弗勒德神父写了一份正式的信函，表示会资助艾丽丝，并确保她的住宿和大体的经济来源。还有一封印有抬头、来自布鲁克林富尔顿街巴尔托奇公司的信，该公司在其同一地址的主店里提供给她一个长期职位，信中涉及她的簿记经验和粗略的履历。签名是劳拉·福尔蒂尼，艾丽丝觉得这个手写签名清楚美观。信笺是浅蓝色的，抬头位置有一幢大楼的凸纹水印，使它更显得有分量和价值，比她以前见过的信纸都更有说服力。

商量下来，她在伯明翰的哥哥们分摊她去纽约的费用。罗丝提供她生活费，直到她的工作走上正轨。她把这消息告诉了几个朋友，让她们别说出去，但她知道罗丝单位里的同事必然听到了打去都柏林的电话，她也知道母亲不会守口如瓶。于是她觉得应该在凯莉小姐还没有从别人那里得知此事之前，先告诉她。她想最好是趁这周不是很忙的时候去。

她看到凯莉小姐站在柜台后。玛丽正趴在梯子顶端，把一包包大豌豆放到最高的架子上。

“哦，你来得真不巧，”凯莉小姐说，“我们刚想要清静一会呢。不管你做什么，现在都别打扰玛丽。”她朝梯子转了下头，“她一看你，就会摔下来的。”

“呃，我来是想说，我一个月内就要去美国了，”艾丽丝说，“我要去那边工作，提前通知您一声。”

凯莉小姐在柜台后退了一步。“真的？”她问。

“当然我走之前，每个礼拜天都会来的。”

“你是来要推荐信的吗？”

“不是，绝对不是，我只是来告诉您一声。”

“哦，那可真有趣。那么你假期回家我们就能看到你了，如果你到时还会和大家讲话。”

“我礼拜天会来的。”艾丽丝说。

“啊，不，我们不需要你了。如果你要走，可以走了。”

“但我可以来啊。”

“不，你不能来。你会引起很多话题，吸引太多注意力，而你知道，没这些事，我们礼拜天就够忙的了。”

“我曾经希望能工作到离开为止。”

“在这里不行。你现在走吧。我们事情太多，今天还有很多来货和上架。没时间说话。”

“呃，那非常感谢您。”

“也谢谢你。”

凯莉小姐去了店铺后间的储藏室，艾丽丝看了看玛丽，如果她转过身来，她就能与她道个别。玛丽没有转身，于是艾丽丝默默地离店回家。

凯莉小姐是唯一一个提到艾丽丝可能会在假期回国的人。除此之外无人提及。至今艾丽丝总以为她会一辈子住在镇上，就像她母亲一样，认识所有的人，有同样的朋友和邻居，在同样的街道上有同样的日常活动。她曾寄望过在镇上找个工作，然后嫁人，辞职，生子。如今她觉得自己孤零零地面对从未准备过的事，而这事尽管她心存疑虑，却给她一种感觉，或者说是一系列感觉，她觉得自己会在婚前就体验一番这种日子：人人都在诸事忙乱中用灼亮的目光打量她，她满心激动，却不愿对未来几周做精确打算，以免丧失勇气。

每天都有事情要办。大使馆的表格填好寄回了。她坐火车去韦克斯福德镇上做一项她视为草率的医学检查，当她告诉医生说她没有肺结核病史时，医生看似很满意。弗勒德神父写信透露更多细节，她抵达后会待在哪儿，距离她的单位有多么近。她去纽约的船票到了，是从利物浦出发。罗丝给她钱买衣服，答应帮她买鞋子和整套的内衣。她觉得家里洋溢着十分难得的，甚至是不大自然的欢愉之情，她们就餐时也不停地说话，欢笑。这令她回忆起杰克去伯明翰前的日子，她们竭尽全力分散自己的注意力，为了不去想她们会失去他。

一日，邻居来串门，坐在厨房与她们一起喝茶，这时艾丽丝发现母亲和罗丝正在尽量掩藏她们的心情。邻居找了个话题，随口说道："我说，她走了你们会想她的。"

“哦，她走了我可要死了。”母亲说着，面容浮起一丝阴暗的神情。自从父亲过世几个月以来，艾丽丝没见过她这样。片刻间，邻居似乎被母亲的语气吓到了，母亲的表情越来越阴沉，不得不起身悄悄走出屋子。艾丽丝知道，她快哭了。艾丽丝十分吃惊，她没有跟随母亲去走廊或餐厅，而是与邻居略略交谈了几句，希望母亲很快回来，继续她们貌似正常的聊天。

即使夜中醒转想到此事，艾丽丝都不允许自己说并不想走。相反，她检查所有的准备事项，为没人帮她提两个衣箱而烦恼，她要确保自己不会丢失罗丝给她的手提包，那里面装着护照，以及她在布鲁克林即将生活和工作的地址，还有弗勒德神父的地址——以防万一他没按原定计划来接她。还有钱。还有她的化妆包。她想，她胳膊上或许还得搭一件大衣，说不定会穿上，除非天气太热。有人告诉她，九月下旬天气仍然很热。

她已经打理好一个箱子，当她在心中一样样回顾里面的东西时，希望自己再也不要打开它。那些晚上，她醒着躺在床上，突然想到下次打开这箱子时，已经在另一个国家，另一个房间了，接着另一些念头纷至沓来，她宁可这口箱子是被另一个人打开，那个人会留下这些衣服鞋子并且每天穿戴。她宁可待在家里，睡在这屋子里，生活在这房子里，没有这些衣服鞋子。她想，这些准备工作，所有的忙乱和啰嗦，如果是属于另一个人就好了。这个人和她很像，一样的年龄和身材，仿佛的容貌，只要她，这个正在想心事的人，每天早晨在这张床上起来，白日里去熟悉的街上，然后回到家里的厨房，回到母亲和罗丝身边。

虽然她任凭这些念头在脑海中驰骋，一想到真正的担心和恐惧，她就想不下去了，更糟糕的是想到她将要永远失去这个世界，她将再也不会在这个普通的地方过寻常日子，她的下半辈子将与陌生事物搏斗。但到了楼下，遇到罗丝和母亲，她只说实际事情，让自己高高兴兴的。

一天晚上，罗丝邀请艾丽丝去自己房间挑选一些首饰带走，艾丽丝猛然间想到一事，既感到震撼，又了然于心。罗丝已经三十岁了，而母亲显然是不能独自生活的，那不仅因为退休金很是微薄，也因为离开她们她会孤苦伶仃，罗丝如此精心安排艾丽丝的出国之行，便意味着罗丝将不能嫁人了。她得与母亲同住，维持目前的生活，在大卫公司里工作，在周末和夏夜去打高尔夫球。她明白过来，罗丝在帮她办妥出国之时，也放弃了真正的希望：离开这个家，有她自己的房子，自己的家庭。艾丽丝坐在梳妆镜前，试戴几款项链时，看到了未来，母亲变得年迈体弱，罗丝得花更多力气照顾她，端着餐碟走上逼仄的楼梯，做各种母亲已无力去做的清洁和烹饪家务。

她试戴耳环时，想到其实罗丝是一清二楚的，明白自己和艾丽丝终会走一个人，而罗丝决定让艾丽丝走。艾丽丝回过头看着姐姐，想说我们换换位置吧。罗丝生活态度积极，总是在交新朋友，去美国的话会更幸福，正如艾丽丝只要留在家中就心满意足。但罗丝在镇上有工作，而她没有，于是这份牺牲对罗丝而言更容易，因为她看似在做着与牺牲无关的事。这时候，罗丝给了她几个胸针，艾丽丝几乎要脱口而出，她并不想走，该是罗丝走才对，她会高兴地待在这里，照顾母亲，她们会想法把日子过下去，她或许会找到其他工作。

她想母亲是否也认为姐妹俩走错了一个呢，母亲是否明白罗丝的所思所想呢。她觉得母亲对此心知肚明。她想，她们每一个人都知道得太多，而且她们无论如何都不会说出自己的想法。她回房间时做出决定，她无论如何也要为了她们而假装自己对即将开始的大冒险满心激动。如果能够的话，她要让她们相信，她对美国充满向往，只等着第一次离家远行。她对自己发誓说，无论何时她都不会流露出丁点的真实感受，如果必要，她会把话留在心里直到离开她们。

她觉得家里已经够难过的，也许比她意识到的更悲伤。她会尽力不再去增加。她知道母亲和罗丝是不会被愚弄的，但是似乎有更大的理由来解释为何在她离开前大家都不流泪。她们不需要眼泪。在离开之前，以及离开那天早晨，她需要做的就是微笑，于是她们会记住她的笑容。

罗丝请了一天假，与她同去都柏林。在坐出租车去赶利物浦的船之前，她们在格瑞申姆酒店共进午餐，杰克答应来见她，并在她踏上去纽约的漫长旅程之前的一天陪着她。在都柏林的那天，艾丽丝明白，去美国工作与仅仅坐船去英国不是一回事。美国也许更遥远，是彻头彻尾的异国风俗制度，但同时又有一种魅力堪为补偿。她与罗丝把行李寄存在火车站，在格瑞申姆点餐时，都充分意识到一点：即使是去布鲁克林一家店里工作，居住在几条街之外的宿舍，由一位神父来安排这一切，也会有一种浪漫感。与之相比，去伯明翰、利物浦、考文垂，甚至伦敦的店里工作，就很无趣了。

罗丝那天穿得很漂亮，艾丽丝也尽可能地打扮了。罗丝只是朝旅馆的门卫一笑，似乎就让他站在奥康奈尔大街上为她们拦出租车，而让她们在大厅里等着。没票的人是不允许待过某个时辰的，但罗丝却在检票员的帮助下成了例外，检票员叫来一个同事帮小姐们提行李。他对罗丝说，她可以待到开船前半小时，到时候他会来找她，陪她下船，还会在去利物浦的途中叫人关照她妹妹。艾丽丝对罗丝说，就算是头等舱的也没有这种待遇，罗丝心照不宣地一笑。

“有些人是很好的，”她说，“如果你和他们好好说话，他们态度会更好。”

她们都笑起来。

“这将是我在美国的座右铭。”艾丽丝说。

一大早，轮船抵达利物浦，一个爱尔兰脚夫帮她提行李。她告诉他，她要今天晚些时候才去美国，他就建议她立刻带着行李往下走，去他一个朋友工作的库房，那里正靠着跨大西洋海轮的停泊点。只要她对办公室里的人说出他的名字，她就能整天不受打搅。她发觉自己感谢他时，语调和罗丝差不多了，温文亲切，又带着点距离感，但毫不羞涩，这是一个女子充满自信的语调。在小镇上，或是别的什么有家人或朋友看到她的地方，她是做不到这样的。

她一下船就看到了杰克。她不知道是否该拥抱他。他们以前从未拥抱过。他伸出手来与她握手，她却停下脚步又看了看他。他似乎略为尴尬，接着就笑了。她向他走去，伸手要拥抱他。

“现在别这样，”他说道，并轻轻地将她推开，“别人会以为……”

“什么？”

“很高兴见到你，”他说。他脸红了，“真的很高兴见到你。”

他从轮船服务员那里接过她的行李，道谢时称呼他“老兄”。他转身时，艾丽丝想要再抱他，他却拒绝了。

“现在别这样，”他说，“罗丝寄给我一揽子须知事项，其中包括不能亲吻和拥抱。”他大笑起来。

他们一起走向繁忙的码头，船只正在卸载货物。杰克看到了那艘艾丽丝即将乘坐的跨大西洋的船已经泊岸，他们按计划把行李放到库房后，就去审视它了。它巍然矗立，与周围的货船相比，显得身躯庞大，洁白干净。

“这是要带你去美国的，”杰克说，“它就像时间和耐心。”

“什么是时间和耐心？”

“时间和耐心会把一只蜗牛带到美国。你没听过这句话？”

“哦，别傻啦。”她笑着用肘轻推了他一下。

“爸爸经常这么说。”他说。

“那时我可不在房间。”她回道。

“时间和耐心会把一只蜗牛带到美国。”他又说了一遍。

天气很好。他们默默地从码头走去市中心，艾丽丝希望回到自己的屋里，甚至已在横渡大西洋的船上了。最早也要等到五点才能上船，她寻思着如何度过这一天。他们看到一家咖啡店，杰克就问她饿不饿。

“一个圆面包，”她说，“或者再来杯茶。”

“那么，享用你的最后一杯茶吧。”他说。

“美国人不喝茶吗？”她问。

“你开玩笑吧？美国人吃小孩的。他们说话时嘴里塞满食物。”

她注意到，服务员迎上来时，杰克几乎是以一种抱歉的姿态要一张桌子。他们坐在了窗口。

“罗丝说，你得好好吃一顿，船上的食物或许不合你胃口。”哥哥对她说。

点餐后，艾丽丝环顾咖啡馆。

“他们喜欢什么？”她问。

“谁？”

“英国人。”

“他们正直，体面，”杰克说，“如果你尽忠职守，他们就会表示欣赏。他们大多数人只关心这个。在街上，你会听到有人在喊叫，但那只是在星期六晚上。你不用搭理。”

“他们喊什么？”

“对要去美国的好女孩来说无关紧要。”

“告诉我！”

“我肯定不会说的。”

“粗话？”

“是的，不过你要学会充耳不闻，我们也有酒馆，所以要发生什么事，也就会发生在回家路上。规矩是不能回骂，要装作什么都没发生。”

“工作时呢？”

“不，工作不一样的。就是个备件仓库。旧汽车和损坏的机器从全国各地运来，我们把它们拆零，拆到螺丝钉和废铁，然后卖零件。”

“你具体做什么呢？你全都告诉我吧。”她看着他笑道。

“我负责存货清单。汽车拆开后，我要做一个零件清单，如果是老机器，有些零件可能相当稀有了。我知道这些零件保存在哪里，是否已经出售。我设计了一个系统，所有的东西都能轻易定位。只有一个问题。”

“是什么？”

“公司里大多数人都觉得他们可以随意把任何一个零件拿回家，只要他们的配偶需要。”

“你怎么做呢？”

“我说服老板，为我们工作的任何一个员工都能以合理半价拿到他们想要的东西，这样事情就更可控制一些，但他们还是在拿东西。我之所以来管理存货清单，是因为老板的朋友推荐。我不偷零件，倒不是因为我诚实或别的什么，而是我知道会被抓，所以我不能冒险。”

“你和帕特、马丁经常见面吗？”

“你像个智力竞赛节目主持人。”

“你信里说得很好，但从来不说我们想知道的事。”

"没什么可说的。马丁一直换工作，但可能会在目前那个工作安顿下来。我们在星期六晚上碰面。先去酒馆，然后舞厅。我们在星期六晚上都会把自己打理得干净整齐。真遗憾你不来伯明翰，到了星期六晚上，你会被吓跑的。"

"你说得真可怕。"

"都在闲聊。你会喜欢的。那里男人比女人多。"

他们在市中心逛着，边说边笑。有时候她突然觉得，他们说话就像肩负责任的大人，他告诉她工作和周末的生活，但忽而又变回了青春年少，讲着笑话，咯咯直笑。罗丝和母亲不会冷不防出现，让他们安静一下，这个事实让她感到意外，接着她意识到，他们是在一个大城市里，不必对任何人负责，五点前无事可做，五点后她会提着行李，在检票口递出船票。

"你考虑过回家乡生活吗?"她问他，他们继续漫无目的地绕着市中心走，之后是找餐馆吃饭。

"啊，那里对我来说什么都没有，"他说，"起初几个月，在附近我都不认路，一心想回家。我不顾一切地想回家。但如今我习惯了，喜欢我的工资袋和我的独立性。我喜欢老板的工作方式，甚至是我以前那个公司的老板，从不问我任何问题。他们因为我的工作方式而对我很了解。他们从不来烦我，如果对他们提意见或提出更好的做法，他们会听的。"

"那英国姑娘如何呢?"艾丽丝问。

"有一个非常好，"杰克回答说，"我不敢担保其他的。"他脸红了。

“她叫什么？”

“我不会再多说了。”

“我不会告诉妈的。”

“这话我以前就听过，我不会告诉你更多的了。”

“我希望你不会在星期六晚上带她去破电影院。”

“她跳舞跳得很好。她不会介意的。而且那不是破电影院。”

“帕特和马丁有女朋友了吗？”

“马丁老是被放鸽子。”

“帕特的女朋友也是英国人？”

“你在套我话吧。怪不得他们叫我来见你。”

“她是英国人吗？”

“她是马林加人①。”

“如果你不说出你女朋友的名字，我就去告诉所有的人。”

“告诉他们什么？”

“你星期六晚上带她去破电影院。”

“我什么都不告诉你了。你比罗丝还坏。”

“她可能有个高级的英国名字呢。上帝啊，等着妈妈来发现吧。她最喜欢的儿子！”

“一个字都别告诉她！”

---

① 马林加：爱尔兰中部城市，位于布罗斯纳河畔。

提着行李走下狭窄的轮船楼梯很艰难，艾丽丝不得不侧着身在过道上走，循着指示标志去她的铺位。她知道这趟航班是满员的，她得和别人共用铺位。

房间很小，只有一个上下铺，没有窗，连通气孔都没有，有扇门通往一个极小的卫生间，她被告知，这是和隔壁房间共用的。一张告示说，卫生间不用的时候，旅客不得锁上另一头的门，以方便相邻房间的旅客使用。

艾丽丝把一个箱子放在行李架上，另一个放在墙边。船一启航就会供应晚餐给三等舱客人，她寻思着从现在到晚餐之间，是应该换衣服呢，还是做些别的什么。罗丝在她包里塞了两本书，但她觉得灯光昏暗，没法读书。她躺倒在床，双手枕在脑后，愉快地想到旅程的第一部分已经告一段落，在抵达之前还有一周无事可做。如果剩余的旅程也能如此轻松便好！

杰克的一句话她搁在心里，因为杰克不太有激烈的言论。他说起初他不顾一切想回家，这不寻常。他在信中却只字不提。她蓦然想到，他也许没有把自己的感受告诉任何人，甚至是他哥哥，她想，他也许曾经十分孤独。也许她的三个哥哥有过同样的经历，能体会其他人心中的思乡之情，并互相帮助。她意识到，如果这发生在她身上，她只会形影相吊，于是她盼望到达布鲁克林后，自己能对未来一切都有所准备，无论有何感受。

突然，门开了，进来一个女人，拉着一口大行李箱。艾丽丝立刻起身，问她是否需要帮助，但她看都没看艾丽丝。她把行李箱拖进卧铺，想要关门，但空间不够。

“真是地狱。”她一口英国口音，试图站到箱子边上。站稳后，她就在卧铺和艾丽丝旁边那面墙之间。她们几乎已无立足之地。艾丽丝看到这口底朝天的箱子几乎挡住了整扇门。

“你是在上铺。一号是指下铺，我船票上是一号。”女人说，“换地方吧。我叫乔治娜。”

艾丽丝没有看她自己的船票，她做了自我介绍。

“这房间太小了，”乔治娜说，“连只猫都住不下，不要说走来走去的人了。”

艾丽丝好不容易忍住了笑，如果罗丝在身边，她就会告诉罗丝，她差点就问乔治娜，是一路去纽约呢，还是中途下船。

“我想吸烟，但他们不会让我们在这里吸烟的。”乔治娜说。

艾丽丝从小梯子爬到了上铺。

“再也不干了，”乔治娜说，“再也不干了。”

艾丽丝忍不住问：“再不会带这么个大箱子，还是再不去美国了？”

“再也不乘三等舱。再也不带箱子。再也不回利物浦老家。就是再也不干了。这能回答你的问题吗？”

“你喜欢睡下铺？”艾丽丝问。

“是的。你是爱尔兰人吧，那么过来和我抽根烟吧。”

“抱歉，我不会抽烟。”

“我运气真好。没坏习惯。”

乔治娜慢慢地贴着箱子挤出房间。

后来，那似乎近在枕畔的轮船发动机响了，嘹亮的汽笛声声入耳。乔治娜在盥洗室刷过头发，回房取大衣，她邀请艾丽丝和她同去甲板，看看离别之际利物浦的灯火。

“我们会看到喜欢的人，”她说，“会邀请我们去头等舱。”

艾丽丝拿了大衣、围巾，艰难地挪过箱子，随她出去。她想不通乔治娜是如何把这箱子弄下楼梯的。当她们站在暮色渐暗的甲板上时，她才得以仔细打量这个与她共处一室的女子。她考量着，乔治娜三十多岁，当然也可能更大。她的头发是亮棕色，发型是电影明星式的。步伐充满自信，点烟、吸烟、噘嘴、眯眼，以及从鼻孔里喷烟的动作，都使她很有派头，魅力无穷。

“看看他们，”她说，指着检票处另一边的一群人说，那些人仍然目视着渐渐变小的城市，“他们是头等舱的乘客。他们的视野最好了。但我知道有条路。跟我来。”

“我在这里挺好，”艾丽丝说，“很快就看不到什么了。”

乔治娜转身看她，耸耸肩，“随你便。不过，就我所知，会有许多个糟糕透顶的晚上，这只是其中一个罢了。帮我提箱子的服务员说，今晚会很糟糕。”

天很快黑了，甲板上起了风。艾丽丝找到了三等舱的餐厅，独自坐下来，只有一个侍者在周围摆放餐具，终于看到了她，也没呈上菜单，直接端来一碗牛尾汤，接下来的一道肉汤她觉得是羊肉和土豆豌豆煮的。她边吃边左右眺望，但没见乔治娜，而空桌子之多令她疑窦丛生。她想是不是大多数客舱都是一等和二等舱，而三等舱的客人是极少数的，也就是她眼下在餐厅见到的这些人，或者是去甲板上了。她觉得这可能性不大，又自问其余那些人都去哪了，他们又吃什么。

等到侍者端来果冻和蛋奶沙司时，餐厅里已无旁人。三等舱没有其他餐厅，她想乔治娜必定溜去一等或二等舱了，但她觉得这并非易事。三等舱没有休闲室和酒吧，她无事可干，只得回客舱过夜。她倦了，希望能睡一觉。

客舱里，她正想去刷牙洗脸准备睡觉，却发现对面的客人已经锁上了门。她以为他们正在用洗手间，便站着等他们完事后开门。她竖起耳朵，却听不到声音，只有马达的轰鸣，她觉得这足以淹没洗手间里的声音了。片刻后，她去到走廊，待在隔壁房间门外，但什么都没听到。她想里面的人是不是都已经睡了，她等在走廊，盼望乔治娜回来。她觉得乔治娜会知道该怎么办，正如罗丝和母亲，或者是凯莉小姐——她的脸庞在她脑海中一闪而过。但她却无计可施。

过了一会，她轻轻敲门，没回音，想是他们没听到，于是用指关节叩得更响。仍然毫无反应。航班是满员的，餐厅里没有人，现在也肯定关门了，她以为所有的乘客全都在他们的房间里，有些大概已经睡了。她焦虑不安，突然间意识到除了要刷牙洗脸，膀胱和肠道也需要清空一下，而且这需求还挺迫切。她走回房间，又试了试洗手间的门，还是锁着。

她又走到走廊，向餐厅行去，需求越来越迫切了，但找不到洗手间。她走了两级通往甲板的阶梯，发现门已经锁上了。她又穿了几条走廊，在每条走廊尽头寻找洗手间和厕所，但什么都没有，除了马达的轰鸣。船开始乘风破浪，她下楼梯时，不得不小心翼翼地抓住栏杆以保持平衡。

她快疯了，觉得再找不到厕所，就撑不了多久。她之前留意到她那条走廊的两端都有一个小壁凹，里面放着提桶、拖把和刷子。她觉得既然一个人都没碰到，只要运气好，便无人会发现她走去右边那个壁凹。她高兴地看到提桶里已经有点水了。她快步过去，尽可能快地释放自己，身子缩在壁凹里，这样即使有人走过走廊，也未必会看到她，除非他们走到壁凹这边来。完事后，她用那把软的拖把擦干自己，蹑手蹑脚地回到房间，希望乔治娜会回来，并知道该怎么叫醒邻居，让他们去开洗手间的门。她发现自己没法去向轮船的乘务人员反映此事，免得他们会把她和次日早晨在桶里发现的东西联系起来，她确定他们会发现的。

她走进房间，换上睡衣，熄了灯，爬到上铺。很快就睡着了。她不知道自己睡了多久，醒过来时，发现自己浑身是汗。她马上知道是怎么回事，她要吐了。黑暗中，她摇摇晃晃地从床铺下来，几乎忍不住要把晚饭吐出来，她竭力迈稳步子，寻找电灯开关。

找到开关后，她挪过乔治娜的箱子朝门走去，一到走廊就大口呕吐起来。船晃得厉害，她支撑不住，跪倒在地。她想尽快把东西都吐出来，免得被乘客或工作人员发现，但她每次站起来以为已经吐完时，又是一阵犯晕。她回到房间，想去上铺用毯子盖住自己，希望没人会发现把走廊弄得一团糟的人是她，这时涌上一阵更强烈的恶心感，逼得她跪爬下梯子，呕出黏稠的液体，她抬起头，一股难闻的气味，她极其厌恶地颤抖了一下。

轮船的晃动频率更高了，她刚醒来时的那种忽而被推向前，忽而被拉向后的感觉没有了。轮船似乎在极度艰难地前进，像是撞上什么阻挡进程的坚实之物。巨大的船体仿佛在嘎嘎作响，不时掩盖了发动机的声音。她回到房间，靠在洗手间的门上，却听到了另一种模模糊糊的声音。她把耳朵贴到门上，于是确定无疑了，是有人在呕吐。她听着这个呕吐的声音。她砰砰敲门，心中恼怒，明白了为何这门一直锁着。隔壁的人一定知道今晚会过得很惨，他们会一直需要用洗手间。呕吐声不时从另一侧传来，通往她房间的门毫无要打开的迹象。

她觉得已经好些，能看刚才房间里吐过的地方了。她穿上鞋子，在睡衣外披了外套，走到走廊，去了左边那个壁凹，找到了拖把、刷子和水桶。她走路十分小心，注意保持平衡。她寻思着难道许多三等舱客人都知道当晚会是什么样，才不待在餐厅、甲板和走廊，而把他们自己关在包厢里，一直待到最糟糕的时刻过去。她不清楚航班驶出利物浦去纽约后，这种情况是否经常发生，但她记得乔治娜说过，这只是其中一个晚上罢了，她想这回比以往更糟。她想象着，此刻是在爱尔兰南部的某处海岸附近，但不确定是在哪里。

她拿着拖把和刷子回到房间，希望只要在地上和她呕吐过的毯子上喷些罗丝给她的香水，就能去除味道。但拖把却越弄越糟，刷子也无济于事。她决定把东西放回原处。她刚把东西放回壁凹，突然又是一阵晕船，忍不住再次在走廊里呕吐起来。已经没什么可吐的了，只有发酸的胆汁在嘴里留下的味道，她哭起来，捶起隔壁的房门，使劲地去踢。但没人来开门，而轮船震颤起来，仿佛要往前突进，紧接着又抖动。

她不知道自己在海水下多深的地方，只知道她的房间在船腹深处。她开始干呕，这时候她意识到，永远无法向人倾诉自己有多难受了。她眼前出现了母亲，她站在门口挥手，汽车带着她们驶向火车站，她的面容紧张而担忧，汽车转弯驶下弗莱瑞山街时，她挤出了最后的微笑。她希望母亲从未料想到现在发生的事。如果只是更轻松的感觉，只是摇来晃去，那她或许会让自己相信这是个梦，或者并不会持续长久，但每一刻都是如此真实，牢固，是她清醒时刻的一部分，正如嘴里酸臭的气味，发动机烦闷枯燥的声音，还有随着夜晚渐逝，似乎正在升高的温度。这一切令她觉得，她错了。乔治娜去了别处，是她不对，她的邻居锁上了洗手间的门，是她不对，她把房间吐得一塌糊涂，还没法弄干净，也是她不对。

她用鼻子呼吸，集中念想，竭力阻止自己再次反胃，她凭着仅剩的意志力爬上了梯子，在黑暗中躺在上铺，想象着轮船在前进，震颤的声音更响了，船撞击的浪头似乎比刚才更猛烈。她有一会儿想着自己就是那外面的大海，用力推压着阻挡轮船的重量和力道。她沉入了无梦的浅眠。

她被一只放在额头的柔软的手弄醒了。她睁开眼睛，清醒地知道自己身在何处。

“唉，可怜的小家伙。”乔治娜说。

“他们不开洗手间的门。”艾丽丝说。她尽量让自己的声音显得虚弱。

“流氓！”乔治娜说，“他们每次都这样，有些人不管谁先进去就锁门。看我怎么对付他们。”

艾丽丝坐起来，慢慢地爬下梯子。呕吐的气味真是可怕。乔治娜从手提包里拿出一把指甲锉，对着洗手间的门锁干起来了。她没费多大劲就打开了。艾丽丝跟着她走进洗手间，隔壁房间的乘客还留着他们的如厕之物。

“好吧，我们得锁住他们的门，因为今晚会更糟糕。”乔治娜说。

艾丽丝发现门锁只是一个简单的铁条，很容易被指甲锉撬开。

“只有一个办法，”乔治娜说，“我把我那口箱子搁在这里面，那样我们关不上门，只能侧坐着上厕所，但他们就没法进来。你这可怜的小家伙。”

她再次同情地看了一眼艾丽丝。她化了妆，似乎没有受到昨夜那番蹂躏的影响。

“你晚饭吃了什么？”乔治娜一边把箱子挪进洗手间，一边问道。

“我想是羊肉吧。”

“还有豌豆，很多的豌豆。那你觉得身体怎么样呢？”

“从没这么糟过。我是不是把走廊弄得一塌糊涂？”

“是的，不过整条船都一塌糊涂。连一等舱都一塌糊涂。他们会从那里开始清洁，要过几个小时，才会打扫到这里。你为什么吃那么多呢？”

“我不知道。”

“你上船时没听到他们说，这是近年来最厉害的暴风雨吗？情况一直不好，特别是这下面，而这次又特别糟。就喝水，别的什么都不要吃，别吃固体食物。这对你的塑身效果会十分好的。”

“这股味道我真抱歉。”

“他们会来打扫的。我们听到他们来，就把箱子挪回来，等他们走，再挪过去。我在头等舱被发现了，他们警告我说在登岸前我只能待在这里，否则一到那头就会被抓起来。所以我想你有伴了。还有，亲爱的，我呕吐的时候，你就知道有多惨了。接下来一两天就会发生的，吐，大吐特吐。接下来我就知道，我们会进入平静水域了。”

“我觉得好可怕。”艾丽丝说。

“这叫晕船，旱鸭子，你会脸色发青的。”

“我的样子难看吗？”

“嚯，是的，这船上每个人都这样。”

她正说着，隔壁房间传来很响的敲门声。乔治娜进了洗手间。

“滚你妈的！”她喊道，“你们听得到吗？好！滚你妈的！”

艾丽丝穿着睡衣，光着脚站在她背后，大笑起来。

“我得去上厕所了，”她说，“希望你不介意。”

后来，有人拎着消毒水桶来清洗走廊和房间，取走弄脏的床单和毯子，换上新的和干净的毛巾。乔治娜一直留意着他们，她把箱子推到了门内。当邻居——两个美国老太，艾丽丝还是第一次看到她们——对清洁工抱怨说洗手间被锁了，清洁工耸耸肩，继续干活。他们一走，邻居还没来得及从那头锁门，乔治娜和艾丽丝立刻把箱子弄回了洗手间。她们砰砰直敲洗手间和房间的门，艾丽丝和乔治娜捧腹大笑。

“她们没机会了。现在她们得到教训了！”乔治娜说。

她去餐厅拿了两壶水回来。

“只有一个服务员，”她说，“所以你想拿什么就拿什么。这是你今晚用的。什么都别吃，多喝水，这是关键。你还是会晕船，但不会那么难受了。”

“我觉得船好像一直被往后推呢。”艾丽丝说。

“在底下总是这样的，”乔治娜答道，“但你待着别动，放慢呼吸，如果想吐，就吐个痛快，第二天就焕然一新了。”

“听起来这艘船你像是乘过几千次了。”

“没错，”乔治娜说，“我每年回家一次探望妈妈。一个星期都得受很大罪。等到我恢复得差不多，又得回去了。但我想见他们。我们不会再年轻了，我们谁都不会，所以一起待一个星期很愉快。”

又是一晚持续不断的呕吐，艾丽丝筋疲力尽了。轮船仿佛捶打着水浪。但接着大海平静了。乔治娜在走廊上来来回回，和隔壁房间的两人碰头，达成协议，任何一方都不阻止另一方使用洗手间，既然风暴已经过去，她们会和谐地共用它。她把箱子移出了卫生间，并告诫已经很饿的艾丽丝，不要吃任何东西，不管有多饿，只要多喝水，白天忍着高温，尽量不睡觉就好。乔治娜说，如果她能睡一整夜，感觉会好很多。

艾丽丝没法相信自己还得在这个狭窄的房间度过四个空气污浊、灯光昏暗的夜晚。她隐隐约约地恶心，又饿得前胸贴后背，每当乔治娜把她一人留在屋里，她的幽闭恐惧症就发作得厉害，只有去洗手间清洗时，才能得到片刻松弛。

母亲家只有浴缸，所以她也从未用过淋浴，费了好一会儿工夫才明白不用把龙头全部关掉，只要旋转就能调节水温。她往身上打肥皂，用香波洗头发时，想到这水会不会是加热的海水，如果不是，那么轮船是怎么携带这么多淡水的呢？她想，或许用储水池吧，或者也许是雨水。无论是什么水，自从船离开利物浦后，站在水中她第一次感到轻松。

她们泊岸的前一天夜晚，她和乔治娜去了餐厅，乔治娜告诉她，她的样子太惨了，如果不好好注意的话，可能会被留在艾里斯岛①的隔离区，或者至少会接受彻底的医学检查。回到房间，艾丽丝给乔治娜看她的护照和文件，证明自己不会在入境上有问题。她说弗勒德神父会来接她。乔治娜颇为惊讶，她说艾丽丝的工作是全职的，而非临时工。她认为如今弄到这种凭证已经不容易了，尽管有神父的帮忙。她让艾丽丝打开旅行箱，把她带来的衣服给她看，这样她能帮艾丽丝选择上岸后的穿着，并确保她穿在身上不会皱巴巴的。

① 艾里斯岛，位于纽约，从1892年到1954年是移民美国的主要入境点。

“别花里胡哨，”她说，“可不能看着像妓女。”

她选了一条白底红花的连衣裙，这是罗丝给艾丽丝的，还有一件平针的毛衣和素色围巾。她看了看艾丽丝带来的三双皮鞋，选了最普通的那双，说这双鞋一定得擦一擦。

“大衣挂在胳膊上，要看起来像是知道自己有目的地，接下来就别洗头了，船上的水会把头发弄得像一个钢丝球。你得花几个小时刷头，整出个发型来。”

早晨，乔治娜一边安排将自己的箱子运上甲板，一边化妆，叫刷过头的艾丽丝用梳子把头发梳得更服帖，束成圆髻。

“别显得太清纯，”她说，“我给你上点眼影、口红和睫毛膏，他们就不敢拦着你。你的行李箱用错了，不过现在也没办法了。”

“怎么错了？”

“太爱尔兰风格了，他们会阻拦爱尔兰人。”

“真的？”

“别让自己露怯。”

“我饿了。”

“我们都饿着呢。但是亲爱的，你不能让人看出来你饿。要装作很饱。”

“我在国内几乎从来不化妆。”

“嗯，你将要踏入这片自由而勇敢的国土。我不知道你是怎么拿到护照上的印戳的。神父一定认识什么大人物。他们唯一能拦下你的理由是他们认为你有肺结核，所以无论如何不能咳嗽，他们也可能认为你有某种滑稽的眼病，我想不起那叫什么了，所以你得睁大眼。有时候他们不会拦你，只看看你的护照。”

乔治娜让艾丽丝坐在下铺，把她的脸对着光，让她闭上眼。她慢慢地弄了二十分钟，先涂了薄薄的粉，然后是胭脂、眼影和睫毛膏。她把她的头发往后梳。完工后，她让艾丽丝去卫生间涂口红，说下手要轻，不要弄得脸上都是。艾丽丝看着镜中的自己，十分惊讶，她年龄一下子大了，几乎变漂亮了。她想知道如何才能合适地给自己上妆，正如罗丝和乔治娜所知道的那样。她想，如果自己是这模样，就更容易走到那些她不认识、也许再也不会遇见的人群中去。这在某种程度上减轻了她的紧张情绪，但在另一方面或许又增加了，因为她知道如果她在布鲁克林每天如此穿着，大家会朝她看，会对她有看法，认为这样不对。

第二章

艾丽丝夜里醒来，把毯子推到了地上，只盖一条床单继续睡，但还是太热。她浑身冒汗。据说，这大概是最后一周高温了，气温很快就会下降，她会需要用到毯子，但这会儿仍然燠热潮闷，在街上走着的人都迟缓疲倦。

她的房间在房子的后面，洗手间在走廊对面。地板吱嘎作响，她觉得房门的材料单薄，水管声音太响，她都能听见其他房客夜间上厕所，或是周末很晚回来的声音。只要外面天还黑着，她并不介意被吵醒，只在自己床上蜷起来，知道还有时间打瞌睡。她能把这一天要做的事儿全都赶出脑海。但如果醒来已然天明，她就知道在闹钟响起之前最多只有一两个小时，这一天就要开始了。

房东基欧夫人是韦克斯福德镇人，很喜欢与她聊家乡事，说说星期天去克拉克劳村和罗斯莱尔沙滩，曲棍球比赛，韦克斯福德镇大街两旁的商店，还有她记得的人。艾丽丝起初以为基欧夫人是寡妇，还问基欧先生是哪里人，但基欧夫人苦笑了一下，说他是基尔莫尔码头人，其他就不说什么了。后来，艾丽丝把这事和弗勒德神父提了，神父说最好别说太多关于基欧先生的事，他带着他们全部的财产去了西部，抛下负债的妻子和克林顿大街上的房子，家里是全无收入的。弗勒德神父说，这就是为什么基欧夫人把房子里的房间出租了，除了艾丽丝，还有五个姑娘住在里面。

基欧夫人的起居室、卧室和洗手间都在底楼。她有自己的电话，但她对艾丽丝明说了，任何情况下都不会帮任何一位房客记电话留言。地下室住了两个姑娘，楼上又住了四个。她们共用底楼的大厨房，基欧夫人给她们做晚饭。艾丽丝被告知，她们可以随时煮茶和咖啡，只要用她们自己的杯碟，用完后洗净擦干放好就行。

基欧夫人有个规矩，她星期六不会出现，于是做饭就是姑娘们的事了，她们得把一切都收拾干净。基欧夫人告诉艾丽丝，她星期天要去参加早弥撒，然后傍晚与周围的几个朋友打一种老式而严肃的扑克。艾丽丝在家书中写道，基欧夫人把打牌搞得像一种星期天的义务似的，她打牌只是在例行公事。

每顿晚餐前，她们庄严地起立，双掌合十，基欧夫人带领她们进行餐前祈祷。她们坐在餐桌前时，她不喜欢她们彼此交谈，或是说些她不懂的话题，也不鼓励她们提到男友。她的主要兴趣是衣服和鞋子，哪里能买到，什么价钱，什么时段。她的日常话题是潮流变幻和最新趋势，虽然正如她自己所言，她已经老得不适合一些新的配色和款式了。但艾丽丝发觉她穿得一丝不苟，而且关注每个房客的穿戴。她还喜欢谈论护肤，不同种类的肤质，以及皮肤问题。基欧夫人每周六去做一次头发，每次都用同一名发型师，花上几个小时，然后接下来一周她的发型就会完美无瑕。

艾丽丝住的那层上，前面的房间住的是从贝尔法斯特来的麦克亚当小姐，她是秘书，在餐桌上她是对时尚最无话可说的一位，除非提到涨价的话题。艾丽丝在家书中写道，麦克亚当小姐很是一本正经，特地请求艾丽丝不要像其他姑娘一样，在卫生间里留下如厕之物。艾丽丝在信中又写，其他住在楼上的姑娘，年纪都比麦克亚当小姐小，时不时地被基欧夫人和麦克亚当小姐教训。其中一位名叫帕蒂·麦圭尔，是在纽约州北部出生的，她告诉艾丽丝，她和艾丽丝一样，也是在布鲁克林的一家大百货商店里工作。艾丽丝觉得，她是个花痴，一直在节食。帕蒂最好的朋友住在地下室，叫戴安娜·蒙蒂尼，她母亲是爱尔兰人，她长了一头红发。她和帕蒂一样，说话一口美国腔。

戴安娜常常抱怨基欧夫人做的饭，老说太爱尔兰口味了，容易让人发胖。每逢周五和周六晚上，她和帕蒂就花几个小时穿衣打扮，出去游玩，看电影，跳舞，照麦克亚当小姐的挖苦话就是，只要有男人的地方就去。帕蒂和谢拉·赫弗南之间常有矛盾，赫弗南也住顶楼，晚上声音很大。她年纪也比帕蒂和戴安娜大，老家在斯凯里斯镇，是一名秘书。谢拉和帕蒂闹矛盾的原委吵到了基欧夫人那里，麦克亚当小姐也在屋里，插嘴说她觉得这两人彼此彼此，都弄得乱七八糟，都用她的肥皂、香波甚至牙膏，而她自己也够愚蠢的，竟然把这些东西留在浴室。

她对帕蒂和谢拉，也对基欧夫人喋喋不休地抱怨她们的鞋子在楼梯和楼上地板上弄出来的噪音。

和戴安娜一同住在地下室的是来自戈尔韦市的基根小姐，她从不多话，除非话题转到爱尔兰共和党和瓦莱拉[①]，或是美国的政治体制，但这种情况很少发生，她说，那是因为基欧夫人极其厌恶任何政治话题。

起初两星期，帕蒂和戴安娜问艾丽丝是否愿意跟她们一起出去，但艾丽丝还没领到薪水，在周六晚上也宁可待在厨房直到睡觉时间。到了第二个星期天下午，她独自出门散了会步。她之前犯了个错，前一周与麦克亚当小姐出门，此人对谁都没有好话，凡有人经过身边，就嗤之以鼻，觉得这些人不是意大利人，就是犹太人。

“我大老远来美国，拜托，可不是为了听那些人在大街上说意大利语，也不是为了看他们戴滑稽的帽子。”她说。

在另一封家书中，艾丽丝描述了她们在基欧夫人家的洗衣制度。艾丽丝告诉母亲和罗丝，基欧夫人规矩不是很多，但是却包括了不能有访客，不能有肮脏的餐具、杯碟堆在周围，也不能洗任何衣服。每逢周一，有个附近街道的意大利女人和她女儿会来拿走需要洗涤的衣物。每个房客都有一个袋子，上面贴着清单，注明里面有什么东西，到了周三，袋子会送回来，底下有个价钱，基欧夫人会先买单，房客回来后，一一报销。她们会看到干净的衣服挂在衣柜里，或是叠好了放在抽屉里。床上会有干净的床单和毛巾。艾丽丝写道，这个意大利女人把每一件东西都精心熨烫，

① 瓦莱拉（1882—1975），是爱尔兰二十世纪中期著名的政治领袖，他成立的共和党长期支配爱尔兰政治。

还给她的连衣裙和衬衫上浆，她真喜欢。

她打了一会儿瞌睡，现在醒过来了。看了看钟，七点四十。她想，如果立刻起床，会在帕蒂和谢拉之前到浴室，她知道，麦克亚当小姐这会儿已经去上班了。她飞快地出门，拿着卫生包穿过楼梯平台。她戴着浴帽，因为不想弄坏头发，如果用这屋子的水一洗，就会像在船上洗过一样蓬起来，要花好几个小时才能梳理好。她想，等拿到了薪水，就去发廊剪短，这样更好侍弄些。

楼下，她很高兴厨房里只有她一个人。因为不想说话，她没坐下来，这样如果有人进来，她可以立即离开。她做了茶和吐司。她还是哪里都找不到喜欢的那种面包，连茶和牛奶的味道都很奇怪。黄油有种她不喜欢的滋味，像是动物油脂。一天回家路上，她看到一个女人在货摊上卖果酱。这人不说英语，艾丽丝觉得她不是意大利人，也猜不出是哪里人，但她查看几种不同的果酱罐头时，女人朝她笑了笑。她选了一种付了钱，觉得自己买的是醋栗酱，但在基欧夫人家尝鲜时，发现这种风味从未尝过。她不确定是什么品种，不过却很喜欢，因为它遮盖了面包和黄油的味道，就像三勺的糖可以遮盖茶和牛奶的味道。

她用了点罗丝的钱去买鞋。第一双买来的鞋看着很舒服，但穿了几天后，就开始微微挤脚。第二双是平底鞋，样式普通，但很合脚。她把它们放在包里，一到单位就换上。

她讨厌帕蒂和戴安娜对她过多关注。她是新来的，又最年轻，她们都不停地对她提建议，不是批评就是评价。她不知道这会持续多久，想让她们知道这种兴趣是不被看好的。她们说话时，她淡淡微笑，有几次，特别是在早晨，她漠然看着她们，仿佛一句话都听不懂。

艾丽丝吃过早饭，洗完杯碟和盘子后，对刚进来的帕蒂视而不见，她悄悄溜出屋子，腾出足够宽裕的时间去上班。这已经是第三周了，虽然她给母亲、罗丝写了好多信，还给伯明翰的哥哥们也写了一封，却没收到回信。她穿过大街时突然想到，等到她六点半下班回家，或许已经发生了数不清的事，她都能告诉他们。每时每刻，都有新景象、新感受、新信息。她对工作至今尚未厌倦，时间过得很快。

后来，等她用过晚餐，回家躺在床上时，她觉得刚刚度过的这一天历历在目，似乎是她生活中最为漫长的日子之一。即使是微小的细节也停留在脑海中。她特意去想一些不相干的事，或让脑中一片空白，但这一天的事飞快地回来了。她想，每过一天日子，就需要再有一天来思索这天发生的事情，储存起来，并从她的系统中删去，如此才不会让她整晚睡不着觉，也不会使她的梦境中充满实际生活的断片，还有一些片段，和熟悉的事物都没有关联，只是色彩纷呈，人群汹涌，一切都狂乱飞速。

她喜欢几条林荫道上早晨的空气和静谧的感觉。这些路上只在拐角处才有商铺，路旁住人，每栋房子里有三四套公寓，身边时有送孩子上学的妇女经过。再往前走，她就知道接近真实世界了，街道更宽阔，交通也更稠密。她到达大西洋大道时，布鲁克林对她而言像是个奇怪的地方，建筑物之间空隙那么多，还有那么多弃置的房屋。走到富尔顿街，突然之间，那么多人在过马路，摩肩接踵，密密匝匝，在第一天早晨，她还以为战争爆发了呢，还以为有人受伤了，这些人都是去看热闹的。大多数早晨，她都会退后站立一两分钟，等人群散去。

在巴尔托奇商店，她打卡进入，这很简单，随即去楼下女士洗手间里她的衣柜换上蓝色制服，营业区的姑娘都穿这个。大多数早晨，她都比大多数姑娘来得早。她们有些人不到最后一分钟是不会出现的。艾丽丝知道，总管福尔蒂尼小姐不喜欢这样。她来此第一天，弗勒德神父带她去了店长办公室，店主的女儿伊莉莎贝塔·巴尔托奇小姐面试了她。她觉得这是她所见过的服饰最靓丽的女人。她写信给母亲和罗丝，说巴尔托奇小姐穿华美的红色时装，简洁的白衬衫，红色的高跟鞋，她的头发乌黑发亮十分漂亮。她的嘴唇是亮红色，眼珠是艾丽丝所见过的最黑的眼珠。

“布鲁克林每天都在变，”巴尔托奇小姐说，弗勒德神父点了点头，“来这儿的新人可能是犹太人、意大利人、波兰人，甚至是有色人种。我们的老顾客搬家去了长岛，我们没法跟过去，所以我们每周都需要新顾客。我们对人一视同仁。我们欢迎每一位走进商店的人。他们都有钱要花。我们保持价格低廉，服务优质。如果大家喜欢这里，他们就会当回头客。你要把顾客当新朋友一样看待。能做到吗？”

艾丽丝点点头。

“你要给他们一个大大的爱尔兰微笑。”

巴尔托奇小姐去叫总管了，弗勒德神父让艾丽丝看一看办公室里的人。

“他们当中很多人开始时和你一样，在营业区做事。他们上夜班，学习，而现在都在办公室了。其中有些是真才实学的会计师，很有资历的。”

“我想学簿记，”艾丽丝说，“我已经学过基础课程了。”

“这里不大一样，体制不同，”弗勒德神父说，“但我会去找找附近有没有可以旁听的课程，即使没有，我们也想法子搞一个名额。但这事最好别跟巴尔托奇小姐提起，眼下就专心干你的活，她的意见就是这样。”

艾丽丝点点头，不一会儿巴尔托奇小姐和福尔蒂尼小姐一同回来，不管巴尔托奇小姐说了什么，福尔蒂尼小姐都会说“好”，说话时几乎不动嘴唇。目光时不时地在办公区内扫荡一圈，随即好像是她做错了什么似的，视线又迅速集中到巴尔托奇小姐的脸上。

“福尔蒂尼小姐会教你怎么使用收银机，你了解之后就会觉得简单。如果你有问题，即使是最小的事情，也得先去找她。唯一能让顾客高兴的方法是工作人员得先高兴起来。你从九点工作到六点，从周一到周六,四十五分钟用午餐，每周一天半休息。我们鼓励所有的员工都上夜校……”

“我们刚才正在说这事。”弗勒德神父插嘴说。

“所以如果你想上夜校，我们会支付部分的培训费用。注意，不是全部。如果你想在店里买东西，就告诉福尔蒂尼小姐，大多数东西都能打折扣。”

福尔蒂尼小姐问艾丽丝是否准备开始工作了。巴尔托奇小姐走到她办公桌前，开始敏捷地拆信件，弗勒德神父离开了。福尔蒂尼小姐带她去营业区，指给她看这个收银系统，艾丽丝不想说这和老家拉夫特街上波尔格店用的是一个系统。现金和购物清单被放在铁制容器里，通过店里的管道系统被送到出纳室，在那里清单会被敲上已支付的印章，放在容器里，和找零一起送回来。艾丽丝让福尔蒂尼小姐对她详加解说，装得好像从来没见识过这种东西。

福尔蒂尼小姐通知出纳室，她会送一些练习清单过来，每张上附了五美元。她指示艾丽丝如何填清单，把她自己的名字和日期写在最上面，在购物条目下，左边填数量，右边填金额。福尔蒂尼小姐说，她还得注意装在清单背面送出去的钱，这样才不会弄错。大多数顾客会等着找零，福尔蒂尼小姐说。极少有人付的钱会不多不少，而大多数商品都卖几美元九十九美分，或是其他数额的零头。福尔蒂尼小姐说，如果有顾客买了多样东西，艾丽丝就得自己做算术了，但到了出纳室，还会核查一遍的。

“如果你不犯错，他们会注意到你，还会喜欢你的。”她补充了一句。

艾丽丝看着福尔蒂尼小姐帮她写了几张清单，送出去，等着它们返回。接着她自己填写了，第一张是买单件物品的，第二张是同一种物品买多份，第三张是多种物品混在一起。她做加法的时候，福尔蒂尼小姐站在一边。

“做慢点，这样不会犯错。”她说。

艾丽丝没有告诉福尔蒂尼小姐，她做加法从不犯错。但她听取建议，放慢了速度，确保数字正确无误。

她对一些出售的衣物深感意外。有些乳罩的罩杯比她见过的那些都更深，还有一种叫“双向拉伸”，看起来像是中间撑了塑料骨架，这对她来说很新鲜。她卖出的第一件东西叫做抹胸，她决心等到和基欧夫人家里那些房客混熟后，就让其中一个帮她了解美国妇女的各种内衣。

活儿很轻松。福尔蒂尼小姐只关心员工是否守时，是否整洁，确保最微不足道的抱怨和质疑都会立刻传到她耳朵里。艾丽丝发现，她并不难找，因为她时刻在观察，如果你与一位顾客稍有疑难，或者没有面带微笑，福尔蒂尼小姐就会注意到，并朝你走过来，对你打手势，除非她看到你忙碌而愉快。

艾丽丝学会了在柜台上飞快地吃便餐，省出二十分钟来逛富尔顿街其他的商店。戴安娜、帕蒂和基欧夫人告诉她，巴尔托奇店附近最好的服装店是贝德福德大道上的勒曼店。勒曼店楼下午餐时分总是比巴尔托奇店更热闹，服装也似乎更便宜。她拾步上楼时，想到了罗丝，因为这是她见过的最漂亮的营业区，简直不像是营业区，而像宫殿，购物的人很少，店员都穿得高贵雅致。她看价格时，不得不先转换成英镑才能有概念。似乎相当低廉。她想记住一些连衣裙和套装的价格，以便可以对罗丝详加描述，但每次去，都只有几分钟时间，因为她不想晚回巴尔托奇营业区。至今她在福尔蒂尼小姐那里还没有任何麻烦，她不希望才开始为她工作不久就出问题。

艾丽丝已在那工作了三周，到了第四周的某天早晨，她一到富尔顿街的另一头，望见巴尔托奇的窗子，就知道发生了不寻常的事。店面挂满横幅，写着“名牌尼龙服装特卖”。她不知道他们计划过特卖活动，以为这种事在一月份之前是不会有的。在更衣室她遇到了福尔蒂尼小姐，向她表示了惊讶之情。

“巴尔托奇先生一直将这事秘不外宣。他在一夜之间亲自督办全部工作。整个营业区都是尼龙服装，什么都是尼龙的，大多数都只有半价。你能买四件衣服。这个特制的口袋是放钱的，因为你只能收整钱。我们会把价钱标在每一件商品上，所以今天就没有购物清单了。安全问题也要看紧了。你将会看到生平最壮观的争夺战，因为连尼龙长袜都打五折了。午餐休息也取消了，这里会有免费的三明治和汽水，但最多只能来两次。我会看着的。我们需要人人都干活。”

开门才半小时，外面就排起了长队。大多数女人要买长袜，她们手持三四双后才会去后店，那里有各种颜色和型号的尼龙套衫，至少都是平时价格的一半。营业员的工作是跟着人群，一手提着巴尔托奇的拎包，另一手提着钱袋。所有的顾客似乎都知道这是不找零的。

巴尔托奇小姐和两个办公室人员管着办公室的门，十点后，人群蜂拥而入，门就得关上。通常在出纳室工作的人穿的是特殊的制服，他们也在营业区干活了。有几个人站在门外，维持队伍的秩序。艾丽丝心想，这是她见过的最热闹最繁忙的地方了。巴尔托奇先生穿梭在人群中，拿走钱袋，把钱倒入他提着的帆布袋中。

这天早晨一片疯狂的景象。她身边没有一刻安宁。每个人的嗓门都拔高，好几回，她心中闪过一个十月的傍晚，她与母亲去参加恩尼斯科西的舞会，斯莱尼河波光如镜，河水充盈，附近飘来树叶燃烧的气味，暮色缓缓退去。当她往袋子里塞着纸币、硬币，各种女人过来问她某类衣服放在什么地方，问她们是否能把已经买了的换另一样东西，或只是想买下她们手里的东西时，这个情景不断地浮现出来。

虽然福尔蒂尼小姐身高不是特别出众，却似乎能望见一切，看着店员回答问题，从地上捡起掉落的东西，整理、堆放商品。上午很快过去了，但是当下午消磨起来后，艾丽丝发觉自己在看钟，片刻后才知道自己每隔五分钟就看一次，同时与貌似成百上千的顾客打交道，尼龙制品渐渐卖完了，剩下的按福尔蒂尼小姐的说法，足够买她自己需要的东西，只能买四件，拿到楼下。有人告诉她可以晚些再付款。

她为自己选了一双尼龙长袜，又选了一双她认为适合基欧夫人的，还替母亲和罗丝各挑了一双。她把这些拿到楼下，放在自己的衣物柜里，便和另一位营业员坐下来，喝下一瓶汽水，又开了一瓶，小口抿着，直到她想起福尔蒂尼小姐会注意到自己缺席。她回到楼上，发现这才三点钟，一些卖空了的尼龙品正在补货，几乎是被直接倾倒在展台上的，巴尔托奇先生在旁看着。后来，她在基欧夫人家用晚餐时，发现帕蒂和谢拉已经得知这场促销活动，午休时都冲过去了，匆忙进去买了几样，又匆忙出来，故而没空在拥挤的人群中寻找她打招呼。

基欧夫人似乎很喜欢这双长筒袜，提出要付钱，但艾丽丝说这是礼物。傍晚吃饭时，她们都在谈论巴尔托奇的名牌尼龙特卖，这往往是毫无预告的，但当艾丽丝告诉她们，连她在那里工作都不知道这场特卖时，她们都很吃惊。

“好吧，如果你听到风声，即使是传闻，”戴安娜说，“也要让我们都知道。尼龙长筒袜是最棒的，不像其他东西那么容易坏。有些别的店，会把垃圾卖给你。”

“够了，”基欧夫人说，“我相信所有的店都在全力做好。”

因为尼龙特卖引发的激动和谈论，艾丽丝直到晚餐结束才注意到她有三封信。每天她一下班，就会去看厨房的边桌，基欧夫人把信件放在那里。她简直不能相信自己今晚居然忘了去看。她与大家一起喝了杯茶，手里紧张地握着信，一想到信，她就觉得心跳加速。她回到房间，就拆看来自家乡的消息。

她从笔迹看出，信是母亲、罗丝和杰克写的。她决定先读母亲的信，把罗丝的留到最后。母亲的信很短，没什么消息，只写到很多人问起她，并细说了自己是在何时何地遇到他们。杰克的信也差不多，但是说到了那次横渡大西洋，这个她写信告诉过他，但几乎没在写给母亲和罗丝的信中提到。她看到罗丝的字迹和往常一样，非常美观清晰。她写了高尔夫球和工作，说到镇上是多么安静沉闷，而艾丽丝在灿烂的阳光下是多么幸运。在附言中，她建议艾丽丝有时也许可以将私事和一些可能会让母亲过度担心的事单独写给她看。她建议艾丽丝或许可以把工作单位的地址作为收信地址。

这些信告诉艾丽丝的事情不多，几乎没有个人情况，也没有哪句话看起来像是谁的心声。然而，她一遍遍读着信，一时间忘了自己身在何处。她能看到母亲在厨房中拿着她的巴斯尔顿·邦德牌记事簿和信封，开始写一封中规中矩的信，什么都没删掉。她觉得罗丝大概是去客厅，用她从单位带回来的纸写，用的信封比母亲的那种更长更典雅。艾丽丝想着罗丝写完信，也许是把信留在大厅桌上，而母亲一早会把两封信带去邮局，买专门邮寄美国的邮票。她想不出杰克是在哪儿写的信，这封比另两封都简短，语调有些腼腆，像是不希望把过多的东西投注在信中。

她躺在床上，信放在身边。她发觉在过去几周，她没有真正地想过家。小镇在她脑海中倏忽闪现，正如特卖会下午的那次，当然她思念母亲和罗丝，但她把自己在恩尼斯科西的生活，她一去不返的生活都从头脑中驱逐出去。每天她回到这嘈杂房子里的小屋，回忆着发生过的每一桩新鲜事。现在，所有这些似乎都无法和她家乡、她的房间、弗莱瑞街的房子，她在那里吃过的饭、穿过的衣相提并论。那一切是多么安静啊。

这些如重压在身，一时间，她想哭。仿佛心中的疼痛，要将泪水挤到脸上，尽管她竭尽全力地抑制。不管是什么，她都不要让步。她不停地思考，想弄明白这种沮丧消沉的新情绪是怎么来的，就像父亲过世时的感受，她看着他们盖上棺材，觉得他再也看不到这个世界，她再也无法和他说话。

她在这里微不足道。不仅因为她没有朋友和家人，更因为她在这屋里，在上班的路上，在商场营业区，就像个鬼魂。什么都没有意义。她觉得，弗莱瑞街那栋房子里的房间是属于她的，她走进去，就有种真实感。在镇上，如果她走进商店或是职业学校，即使一个熟人都没遇见，但空气、阳光、土地，都是实实在在的，是她的一部分。然而此地却无一物属于她。她觉得这里虚假而空洞。她闭上眼寻思——她曾无数次如此做过——她在期盼着什么呢，但什么都没有，哪怕是最微小的，甚至连星期天也不是。也许只期盼睡觉，但她也无法肯定她想睡觉。无论如何，她还不能睡觉，因为没到九点。她什么都做不了，好像被锁起来了一样。

到了早晨，她不确定自己是睡实了，还是只做了一堆鲜活的梦，她让这些梦持续下去，这样就不用睁开眼看到房间了。其中一个梦是关于恩尼斯科西的弗莱瑞山街最高处的法院大楼。她如今记得邻居们是多么害怕法院开庭的那天，并不是因为书面报道上的那些案子，小偷小摸、酗酒闹事，或是不端行为，而是因为法院有时会把小孩送去托管，放在孤儿院或工读学校，或寄养在别人家，因为他们逃课，或是制造麻烦，和父母有矛盾。有时候，伤心欲绝的母亲在法院门外尖声大叫，号啕大哭，她们的孩子被带走了。但她的梦中没有尖叫的女人，只有一群沉默的孩子。艾丽丝也在他们中间，他们排成一队，知道自己很快就会因法官的判决而被带走。

她醒着躺在床上，莫名地想到自己仿佛正希望被带走，丝毫不觉害怕。她怕的是在法院门口见到母亲。在梦中，她找到了一个避开母亲的办法。她被带离了那个队伍，从边门出去，上了车，开始无尽的旅行，似乎能绵延到她梦的尽头。

她起来了，非常安静地使用洗手间。她想她可以去富尔顿街的小饭馆里用早餐，她在上班路上见过别人这么做。穿好衣服，准备妥当后，她蹑手蹑脚地出了房子。她不想遇到其他人。这才七点半。她想，她会坐在什么地方等上一个小时，喝杯咖啡，吃个三明治，然后早早地去上班。

走在路上，她害怕起这一天来了。接着，她坐在一家馆子的吧台前看着菜单，又想起醒转之时模糊记得的另一个梦的碎片。她好像坐在气球上，在一个平静的日子里，飞翔在平静的海上。她能看到脚下古虚口峡谷的悬崖和巴里肯尼加柔软的沙滩。风把她吹向黑水河，随后是巴拉夫，摩纳吉尔村，然后是醋山和恩尼斯科西。她沉浸在梦的回忆中，不知所以，柜台后的侍者问她是不是有什么事。

“我没事。”她说。

“你看起来很难过。”他说。

她摇了摇头，想露个微笑，叫杯咖啡和三明治。

“开心点，”他提高声音说，“好啦，开心点吧。什么事都不会发生的。给我们笑一个。”

吧台上几位其他客人朝她看来。她知道自己已无法忍住眼泪。她没等点的早餐送来，就跑出了饭馆，别人都来不及对她说什么。

一整天，她觉得福尔蒂尼小姐比平时更频繁地望向她，这让她在不和顾客打交道时，敏感地注意起自己的状态了。她努力看着门口、前窗和街道，努力让自己看起来忙忙碌碌，但她发觉如果不制止自己，就会轻易地恍惚出神，反复念着同样的事，想着她失去的每一样东西，不知如何才能回去和其他人吃晚饭，独自一人在与她毫无关系的房间里度过长夜。接着她就看到福尔蒂尼小姐从营业区那头盯着她，她再次努力让自己显得心情愉快，乐于帮助顾客，似乎这是普通的工作日。

当日的晚餐并没有她预想的那般艰难，帕蒂和戴安娜买了新鞋，基欧夫人要先看看套装、连衣裙和其他服饰的上身搭配效果，才能表示赞同与否。晚餐前后的厨房就像时装表演舞台，帕蒂和戴安娜每次穿着鞋子，换了新衣，拎着不同的包走进来，麦克亚当小姐和基根小姐都不表赞赏。

基欧夫人看到戴安娜的鞋子以及与之搭配的衣服，不太确定是否足够考究。

“这不伦不类，”她说，“你不能穿这个上班，如果是晚上穿出去，也不够高雅。我想不通你干吗买这回来，除非图便宜。”

戴安娜垂头丧气地说确实是促销货。

“喔，那么，”基欧夫人说，“我只能说我希望你把收据留着了。”

“嗯，我倒很喜欢。”麦克亚当小姐说。

“我也是。”谢拉·赫弗南补充道。

“那么你什么时候穿呢？”基欧夫人问。

“我就是喜欢而已。”麦克亚当小姐说着，耸了耸肩。

艾丽丝悄悄离开，庆幸没有人注意到她饭间一直没发言。她想自己是否可以出去走走，随便做些什么，而不是去面对她坟墓般的房间，她睁着眼躺在那里，思绪就纷至沓来，合眼后，梦境不断。她在厅里站了一会，然后转身上楼，觉得自己同样害怕外出，即使不怕，也不知道晚上这会儿还能去哪。她想，她厌恨这幢房子，这气味、这声音、这颜色。她上楼的时候，已经哭了。她知道只要其他人还在楼下厨房谈论她们的衣服，她就可以尽情哭泣，不怕被人听见。

这是她度过的最糟糕的夜晚。天亮后，她想起在利物浦上船那天，杰克对她说过的话，如今想来，似乎已是经年之久。他说起初他觉得漂泊在外很难，但并没有详说，她也没想到要问他那是什么感受。他和父亲一样温文平和，任何情况下都不会抱怨。此刻她想给他写信，问他是否也曾有同感，好像他也曾被关在某处，困陷于一个空无一物的地方。她觉得这就像地狱，因为看不到尽头，而相伴而来的感受源源不绝，这种折磨却很奇怪，全在她心里，仿佛黑夜降临，再也见不到天光。她不知道自己要做什么。但知道杰克远水救不了近火。

他们谁都帮不了她。她失去了他们。他们不会知道这些，她在信中只字不提。也因为此，她明白他们永远都不会了解她此刻的心情。也许，她想，他们从来都不曾了解过她，因为如果他们了解，就会明了她的感受。

她躺着看天光渐明，觉得自己再也无法忍受一个同样的夜晚。有一会儿，她静静地怀抱着希望，什么都不会改变，但她不知结果会如何，或者会以何种形式出现。她再次早早起床，悄无声息地离开了屋子，在街上走了一小时，然后去喝咖啡。她第一次留意到空气中的凛冽，看来天气变了。但天气如何无关紧要。她在一家饭馆找了个背对众人的座位，没有人能对她脸上的表情说三道四。

等到她喝了咖啡，吃了个圆面包，叫服务员过来结账时，发现上班时间太紧张了。如果不赶紧，就会第一次迟到。街上到处是人，她没法轻易地超前，她有一刻心想大家是不是故意挡她的道。红绿灯过了好久才变。她走到富尔顿街时，情况更糟了，人群像是足球赛后退场一般拥来。即使是常速步行也挺艰难。她到巴尔托奇时只剩一分钟了。她不知道应该如何度过站在营业区强装愉悦认真的时间。她穿好工作服，刚刚出现在楼上，就看到了福尔蒂尼小姐的目光，她似乎不太高兴，并走了过来，但艾丽丝被一个客人引开了。在接待客人时，艾丽丝努力不去看福尔蒂尼小姐的方向，尽可能地背对着她。

“你看上去不太舒服。”福尔蒂尼小姐走过来说。

艾丽丝觉得自己眼中蓄满了泪水。

“你为何不去楼下喝杯水呢？我一会儿就下来。”福尔蒂尼小姐说，她声音和蔼，但面无表情。

艾丽丝点了点头。她突然想到，她还没拿到薪水，她仍然在靠罗丝给的钱过活。如果他们解雇了她，她不知道会不会给她钱。如果他们不给钱，那么很快她的钱就会用完了。她觉得很难再找到另一个工作，即使找到，她也必须在第一周的周末就拿到工资，否则会付不起基欧夫人的房租。

到了楼下，她去洗手间洗了把脸。她看了一会儿镜中的自己，理了理头发。接着她在员工室内等着福尔蒂尼小姐。

“现在你说说出了什么事吧，”福尔蒂尼小姐边说边走进屋子，关了门，“因为我看得出有些不对劲，很快有些客人也会发觉这点，我们会有麻烦的。”

艾丽丝摇了摇头，“我不知道哪里不对劲。”

“是月事来了吗？”福尔蒂尼小姐问。

艾丽丝又摇头。

“艾丽丝，”她将这个名字说得很奇怪，过度强调第二个字的音节，“你为什么不开心？”她站在她面前等着，“你要我叫巴尔托奇小姐来吗？”她问道。

“不要。”

“那是什么事？”

“我不知道怎么回事。”

“你心里难过？”

“是的。”

“一直这样？”

“是的。”

“你想在家里和家人在一起吗？”

“是的。”

“你在这里有家人吗？”

“没有。”

“一个都没有？”

“一个都没有。”

“是什么时候开始难过的？你上星期还挺高兴的。”

“我收到了几封信。”

“坏消息？”

“不，不，没什么事。”

“只是因为信？你以前离开过爱尔兰吗？”

“没有。”

“离开过爸妈吗？”

“我父亲已经过世了。”

“你母亲呢？”

“我以前从未离开过她。”

福尔蒂尼小姐看着她，面无笑容。

“我需要和巴尔托奇小姐，还有与你一起来的神父谈谈。”

“求求您不要。”

“这些事不会造成问题。但你觉得难过的话就不能在这里工作。当然，你是第一次离开母亲，所以会难过。但这难过不能持续下去，我们会尽力帮你的。”

福尔蒂尼小姐让她坐着，又给她倒了杯水，然后离开房间。艾丽丝等在那里，心里很清楚，她不会被解雇。于是她几乎为自己感到骄傲了，她摆平了福尔蒂尼小姐，使她问了一堆问题，却只得到寥寥几句的回答，但并未显得乖戾。她回想着刚才发生的事，觉得坚强起来了，决定无论谁走进这间屋子，即使是巴尔托奇先生亲自来，她也有办法获取他们的同情心。并非没有问题，她所感到的黑暗并未离去。但她不能够告诉他们，她害怕他们的店和顾客，她讨厌基欧夫人的房子，而他们帮不了她任何忙。然而她也必须留着这份工作，她相信自己已经做到了不少，一种满足感渐渐融入悲哀，或是漂浮在悲哀的表面，令她分了心，至少在眼下，从最痛苦的情状中走出来了。

片刻后，福尔蒂尼小姐端着一块三明治来了，是从商店附近的餐馆买来的。她说她已经与巴尔托奇小姐谈了，并说这是小事一桩，以前没发生过，以后也不会再有。但是巴尔托奇小姐告诉了她父亲，他是弗勒德神父的好友，他已经给神父打了电话，让神父的管家留言了。

“巴尔托奇先生说在他从弗勒德神父那里得到消息之前，你得留在这里，他叫我给你送三明治来。你运气真好，他有时和蔼可亲，但像这样可是第一回。但我不会再次惹恼他的。没有人会两次惹恼巴尔托奇先生。”

“我没有惹恼他。”艾丽丝静静地说。

“哦，你惹恼了，亲爱的。在这种状态下来工作，还带着这种表情。哦，你惹恼了巴尔托奇先生，他不会忘记的。”

后来，几个营业员姑娘下去看艾丽丝，好奇地打量她，有人问她有没有事，有人假装在她们的衣柜里寻找什么。她坐在那里，意识到除非她想丢掉工作，否则就得下决心让自己脱离这种影响，不管这是什么。

福尔蒂尼小姐没再来，但四点左右，弗勒德神父推开了门。

“我听说出了点事。”他说。

她努力想笑一下。

“都是我的错，”他说，“她们说你在这里干得很好，基欧夫人还说你是她留宿过的姑娘里最好的一位，所以我想不需要我过来看你。”

“在收到家信之前，我一直挺好的。”艾丽丝说，

“你知道自己是怎么回事吗?”弗勒德神父问。

“您是什么意思?”

“这事有个说法。”

“什么说法?”她以为他会说私人的女性问题。

“你犯了思乡病，就是这样。每个人都有。但这会过去的。在有些人那里，过去得比其他人更快。这是最艰难的了。办法是找个人聊聊，让自己一直忙活。”

“我很忙的。”

“艾丽丝，我希望你不会介意我把你安排到夜校去。还记得我们说过簿记和会计学吗?每周是两到三个晚上，这会让你忙忙碌碌，你还会拿到很好的文凭。”

“现在入学是不是太迟了?有几个姑娘说应该春天就报名的。”

“布鲁克林是个有趣的地方，”弗勒德神父说，“只要负责人不是挪威人——在一所大学里这几乎不可能——大多数地方我都走后门。犹太人最好了，他们总想帮你做些什么。就说一个祈祷者吧，他是犹太人，相信衣领的力量。我们首先要向最好的学校努力，那就是布鲁克林学院。我喜欢打破规则。所以我现在就到那里走一趟，弗朗哥说，你先回家，但明天早晨要带着灿烂的微笑准时上班。我晚些时候会去拜访基欧夫人。”

他说到基欧夫人，艾丽丝差点失声而笑。他的口音第一次如此的恩尼斯科西腔。她明白弗朗哥就是巴尔托奇先生，她对弗勒德神父描述巴尔托奇的亲密口吻很感兴趣。他一走，她就取了自

己的大衣，悄悄溜出了商店。她肯定福尔蒂尼小姐看到她出门，但她没有回头，快步走过富尔顿街，然后朝基欧夫人家行去。

她用钥匙开门走进客厅，发现基欧夫人正在等她。

“你现在就去起居室。”基欧夫人说，“我先去给我们俩泡壶茶。”

起居室在房子的前面，出乎意外的漂亮，有老式的地毯和看起来很舒服的厚重家具，还有几幅镶了金框的暗色调的画。对开的门通往卧室，其中一扇开着，艾丽丝看到卧室的装修风格也是同样的华丽沉重。她望着老式的圆形餐桌，猜测每个礼拜天的牌戏就是用这张桌子。她觉得她母亲会喜欢这个房间。她在另一个角落里看到一台老留声机和一个无线电，注意到桌布上的流苏和窗帘似乎很搭调。她开始琢磨起细节来了，这些日子来第一次想着如何将这些事情全在一封信里写给母亲和罗丝。她想，用完晚饭，她会尽快回自己房间把它写下来，但不会写到前两日的片言只语。她将努力把这两天抛在脑后。她明白，不管她梦到什么，不管感觉多糟，她别无选择，只能飞快地把它抛掉。如果是白天来袭，她必须照常工作，如果是夜晚来访，她也得继续睡觉。这就像用一块桌布盖住桌子，用一面窗帘遮住窗口，也许随着时间的推移，这种需要会减少，杰克这样暗示过，弗勒德神父也这样说过。无论如何，这是她该做的事。基欧夫人端着托盘和茶具进来时，艾丽丝握了一下拳，觉得她已经准备好了。

晚餐后，弗勒德神父来了，艾丽丝再次被叫进基欧夫人的私人房间。弗勒德神父面带笑容，艾丽丝一进门，他就走到壁炉旁，像是要暖暖手，尽管那里根本没火。他搓着手，朝她转过身。

“让你们俩单独谈一谈吧，”基欧夫人说，“需要我的话，我在厨房里。”

“圣罗马和使徒教会的势力是不容低估的，”弗勒德神父说，“首先我找到了一个虔诚信教的很好的意大利秘书，她告诉我哪些课程已经满员，哪些课程是真正满员了，最重要的是她告诉我哪些是不能去提出要求的。我把整件事说给她听，她听得热泪盈眶。”

“我很高兴您认为这很有趣。”艾丽丝说。

“嗯，开心点吧。我把你弄进了簿记课和初级会计课的夜班。我对他们说你是多么聪明。你是第一个爱尔兰女生。那里都是犹太人、俄国人，还有我对你说过的挪威人。他们还想多招收一些意大利人，但他们忙得没空赚钱。经办那个地方的犹太人看起来就像从没见过神父似的，见到我，就一个立正，像是在军队里。去布鲁克林学院，只因为它是最好的。我给你付了第一学期的学费。周一、周二和周三是七点到十点，周四是七点到九点。如果你学上两年，并且通过他们所有的考试，纽约没有一个办公室会不要你。”

“我会有时间吗？”她问。

“当然有。下周一就开始。我会把教材给你。我这里有份书单。你可以在空闲时间去学学。”

他态度和蔼，她略感诧异，他像在演戏。她努力微笑了一下。

“您确定这些都没问题吗？”

“已经做好了。”

“是罗丝让您这么做的吗？您是因此而这么做的吗？”

“我做这些是为了上帝。”他说。

“告诉我您这么做的真实原因。”

他端详着她，沉默了片刻。她平静地回应他的目光，摆明自己想要一个答复。

“我很奇怪像你这样的人在爱尔兰会找不到好工作。你姐姐说你在爱尔兰没工作，我说我会帮助你来这里。就这样。况且我们在布鲁克林也需要爱尔兰姑娘。”

“任何一个爱尔兰姑娘不都可以吗？”艾丽丝问。

“别这么尖刻。是你问我我为何这么做。”

“我非常感谢您。”艾丽丝说。她听到自己的口气就像母亲，淡然又庄重。她知道弗勒德神父搞不清她这话是不是当真。

“你会成为很好的会计，”他说，“但首先要当的是簿记员。而且不能再哭了？就此说定了好吗？”

“不再哭了。”她平静地说。

次日傍晚，她下班回来，他已经给她留了一堆书，还有分类账、复写簿和一套钢笔。他还与基欧夫人沟通好，每周前三天，她可以把晚饭打包带走，不用额外付钱。

“哦，这下只有火腿，或者一片口条、沙拉和黑面包了。你得在路上找地方吃饭，”基欧夫人说，“我对弗勒德神父说，因为我总是想给自己积德，所以我把事情安排得很好，多亏你，他欠了我一个人情，我活着的时候就要讨还的，而且不会太迟。你知道迟早会有人请他帮忙的。”

“他是个好人。”艾丽丝说。

“他只对那些他愿意给予好意的人好，”基欧夫人说，“但我讨厌一个神父边搓手边笑。常能看到意大利神父这个样子，但我不喜欢。我希望他更稳重些。我对他就只有这些看法了。”

有些书很简单，其中一两本似乎是初级程度，她怀疑能否用在大学里，但她翻开一本商务法律教材的第一章，觉得很新鲜，不知道怎么运用到簿记中去。她觉得这挺难，还有很多法庭判决的参考文献，她希望这些不是课程的重要内容。

她渐渐习惯了布鲁克林学院的作息表，三小时的课程，中间有十分钟休息，还有奇怪的教法，什么东西都从最基本的开始，包括在普通的底账上书写进出银行的款项、日期、存款人、取款人或填写支票者的姓名。这易如反掌，正如你在银行要用到的各种账目，还有不同的利息。但是上到年度决算时，这个系统与她曾经学过的系统就不同了，加入了很多新的项目，以及更多复杂的专题，包括市政府税、州税和联邦政府税。

她希望自己能分辨犹太人和意大利人的区别。有些犹太人戴圆顶无边便帽，而戴眼镜的又比意大利人多。但大多数学生都是黑皮肤、棕色眼睛，几乎无一不勤奋努力，表情严肃。她班上女生极少，没有爱尔兰人，甚至没有英国人。他们似乎彼此都认识，行动成群结队，但对她都挺礼貌，会为她留出空间，没人主动提出要送她回家，这让她觉得很自在。没人问她私人问题，坐到她身边的次数也不会超过一次。这里的班比她在家乡上的班大许多，她想这也许是讲师授课如此缓慢的原因吧。

法律讲师是每周三课间后过来上课，一望便知是犹太人。她想罗森布鲁这个名字应该是犹太名，但他也会开犹太人的玩笑，并用外国腔讲话，她觉得不是意大利口音。他讲课风格高调，老是让他们想象自己是一家大公司的总裁，这家公司比亨利·福特①的还大，然后被另一家公司或联邦政府提起诉讼。他接着会把他们的注意力引向真实案例，他强调的事例在现实中都存在争议。他知道诉讼双方的律师姓名、以往的记录、审理案件的法官的脾性，还有上诉法院的后续审理情况。

艾丽丝毫不费力地听懂了罗森布鲁先生的口音，连他犯语法、句型错误和用错词时，她也能理解。和其他学生一样，他讲课时她做笔记，但他提到的大多数基础商务法案例，在书上都找不到。她在家书中写到布鲁克林学院时，想把罗森布鲁先生的一些笑话讲给母亲和罗丝听，笑话总会涉及波兰人和意大利人。要写出他营造的气氛更为容易，多少学生盼望着每周三的课间休息结束。他把公司诉讼讲得深入浅出，娓娓动人。但她忧心罗森布鲁先生将要出的考题。一天下课后，她问一位同学，这是个戴眼镜、鬈发、态度友善，且很用功的男生。

“或许我们应该问问他是从哪本书上看来的。”男生说道，有

① 亨利·福特（1863—1947），美国福特汽车公司创始人。

一会儿他神情忧切。

“我觉得他不是从书上看来的。”艾丽丝说。

“你是英国人吗?”

“不，是爱尔兰人。”

“哦，爱尔兰人，”他说着点头笑了笑，“嗯，下周见。也许到时我们能问问他。”

天气渐冷，有时早晨起了风，就会结冰。她已经把法律书读了两遍，在书上做了笔记，还买了一本罗森布鲁先生推荐的书。她把它放在床头柜上，旁边有个闹钟，每天早晨七点五十五分闹铃，这时候谢拉·赫弗南正在楼梯平台那头的浴室里洗澡。在这样的早晨，艾丽丝想到，她最爱美国的地方，是暖气可以通宵达旦地供应。她把这事写给母亲、罗丝、杰克和哥哥们知道。她说，哪怕是在冬天早晨，空气也像烘烤着似的，不用担心爬出被窝后脚丫子会在地板上冻僵。半夜醒来，风在外面呼啸，可以在暖和的床上快乐地翻身。母亲回信，好奇地问为何基欧夫人能负担通宵的取暖费用，艾丽丝回信说，不仅是基欧夫人，在美国人人都是整夜开着暖气的，基欧夫人在任何方面都毫不奢侈。

她开始给母亲、罗丝、杰克、帕特和马丁买圣诞礼物，计划着何时寄出才能准时抵达。她寻思着圣诞节基欧夫人的餐桌上会是什么样，不知房客们会不会互赠礼物。十一月下旬，她收到弗勒德神父的一封措辞正式的信，神父请她帮个大忙，在圣诞节当日去教堂给无家可归的人分发餐点。他说，他知道这对她而言是很大的牺牲。

她立刻回信，告诉他，只要不上班，在整个圣诞节假期，包括圣诞节当日，她都是随叫随到。她告知基欧夫人，圣诞节她不能在租房里过了，要去帮弗勒德神父干活。

“哦，我希望你带几个帮手过去，”基欧夫人说，“我不会提名的，也不会多说什么，不过一年当中，我就只有这天想清静一下。事实上我也许会出现在你和弗勒德神父面前，请求施舍，只是想得到一点安宁。”

“我相信您肯定很受欢迎的，基欧夫人。”艾丽丝说道，随即意识到这话也许太孟浪了，在基欧夫人瞪向她时，她便立刻补充道，“但是当然啦，大家需要您在这里。而且在自己家里过圣诞节才好嘛。”

“我很害怕，说实话，”基欧夫人说，“要不是我有宗教信仰，我会像犹太人一样视而无睹的。在布鲁克林一些地方，圣诞节就像任何一天一样。告诉你吧，我一直认为这就是在圣诞节浑身发冷的原因。我们希望你来吃饭。我想看到一张韦克斯福德的脸。”

一天在上班路上，艾丽丝穿过州大街，看到有个人在卖表。上班还早，她有时间在摊子前逗留一会儿。她对手表的种类一无所知，但觉得价钱相当便宜。她包里的钱足够给哥哥们每人买一块了。即使他们已经有手表——她知道马丁戴的是父亲的表——如果旧的坏了，或是送修了，就可以用上。手表在伯明翰颇有意义，而且这东西易包装，运费便宜。一天中午午餐时间，她在勒曼店里看到漂亮的安哥拉羊毛衫，比她的预算高许多，但她第二天又去了，给母亲和罗丝各买了一件，与特卖会时买的尼龙袜包在一起，寄去爱尔兰。

渐渐地，圣诞节饰品开始出现在布鲁克林的商店和街道。一个星期五傍晚，晚饭后，基欧夫人离开了厨房，麦克亚当小姐不知基欧夫人会放什么装饰品。

“去年她直到最后一分钟才拿出来，看上去一点意思都没了。”麦克亚当小姐说。

帕蒂和戴安娜会去中央公园附近，她们说，要和帕蒂的姐姐和孩子们过一个真正的圣诞节，要送礼物，要去拜访圣诞老人。基根小姐说，只要你不在爱尔兰自己的家里，就算不得过真正的圣诞节，她整天都将会悲悲戚戚，而且也没有必要掩饰。

“你知道吗？”谢拉·赫弗南插嘴说，“美国的火鸡没味道，就算是感恩节我们吃的火鸡也跟木屑一样。这不是基欧夫人的不是，整个美国都这样。”

“整个美国？”戴安娜问，“处处都是？”她和帕蒂大笑起来。

“安静些吧，”谢拉尖利地说，朝她们的方向瞟了一眼，“我们别那么多废话。”

“嚯，我不打赌，”帕蒂说，“谢拉，我们会在你最不防备的时候从烟囱里下来，给你的长筒袜里装东西。”

帕蒂和戴安娜又都捧腹大笑。

艾丽丝没告诉她们任何一人，她要在圣诞节干什么。但第二个星期，某日吃早饭时，显然基欧夫人已经告诉她们了。

“啊，天呐，”谢拉说，“他们把我们每个老伙计都从街上带走了。你根本不知道他们有什么东西。”

“我听说过，”基根小姐说，“他们把滑稽的帽子戴到穷人头上，给他们黑啤。”

“你是圣人，艾丽丝，”帕蒂说，“活生生的圣人。”

工作期间，福尔蒂尼小姐问艾丽丝，圣诞节前一周，她能否在晚上加班。艾丽丝同意了，因为学校放两周的假。她答应圣诞夜也会工作到最后一分钟，因为有些营业员要早些下班，以便赶火车或汽车回家团聚。

圣诞夜，她从巴尔托奇下班后，如约赶赴教堂，领取第二天的工作指示。门外停着一辆卡车，长桌正从车上卸下，然后是长凳。在弥撒前，她听到弗勒德神父叫几个女人帮他借桌布，圣诞节过后要重新收起来。他布完道，又叫大家捐赠餐具、玻璃杯、茶杯、碟子和餐盘，补充他的存货。他还说圣诞节当日，教堂从早九点开到晚九点，只要路过的人，无论信仰和国籍，都会在上帝的名义下受到欢迎，即使不需要食物和鼓励的人，也能随时过来欢聚一堂。但他补充道，不要在十二点半到三点之间来，这段时间是供应圣餐的。他还宣布，从一月中旬开始，每周五晚，他会在教堂举办舞会，有现场乐队，但没有酒，目的是为教区募集资金，他希望大家把这消息传播出去。

一排排座位间，男人在布置桌椅，女人在天花板上挂圣诞节装饰，艾丽丝从他们之间挤过去，看到了弗勒德神父。

“我想请你清点一下银餐具，看看够不够用，”他说，“不够的话，我们得去大街小巷了。”

“您想要多少？”

“去年是两百件。是从桥对岸来的，有些来自皇后区，有些是长岛。”

“他们都是爱尔兰人？”

“对，都是留下来的爱尔兰人。他们建造了隧道、桥梁和高速公路。有些人我一年只见到一回，天知道他们靠什么生活。”

“他们不回家吗？”

“有些人已经在此五十年了，和别人都失去了联系，”弗勒德神父说，“有一年我为其中几位拿到了家庭地址，我觉得他们都特别需要帮助。我还帮他们写信回爱尔兰，但大多数石沉大海，倒有一个可怜的老家伙，我收到他嫂嫂的一封措辞恶毒的信，说是农庄还是田产，或是别的什么，都不是他的，他别想踏足一步，她会把他赶出门去。我记得这个，这是她的原话。”

艾丽丝和基欧夫人、基根小姐去参加午夜弥撒，回家路上发现基欧夫人也加入了帮弗勒德神父烤火鸡、土豆、煮火腿的那群教民，神父的计划是十二点之前一切都要就位。

“像打仗一样，”基欧夫人说，“给军队烧饭呢。要跟发条一样精确。我会从最大的那只火鸡上切点肉，那是我们微薄的需求，等我把它拿出来，它已经在炉子里烤了六小时。等到火鸡派发出去我们就吃，就四个人，我，麦克亚当小姐，赫弗南小姐和基根小姐。如果有多，我们会给你留着的，艾丽丝。”

九点钟，艾丽丝在教堂后面的大厨房里削蔬菜。身边一起工作的女人她从未见过，年纪都比她大，有些带淡淡的美国口音，但全都是爱尔兰出身。有人告诉她，大多数人只在这儿做一个上午，然后回去给家里做饭。很快她就搞明白了，有两个女人是负责人。弗勒德神父过来后，把艾丽丝介绍给了她们。

“这是来自阿克洛镇的两位墨菲小姐，”他说，“我们可不会因此觉得她们不好①。”

墨菲姐妹笑了起来。她们身材高大，五十多岁，神情开朗。

“就是我们三个人，”一位说道，“整天待在这里，其他帮忙的人都来来去去的。”

“我们都是无家可归的。”另一位墨菲小姐笑道。

“好了，我们每次上二十份食物。”她姐姐说。

“我们每人都要准备六十五份晚餐，或许还需要更多呢，分三次发送。我在弗勒德神父的厨房里，你们两位就在大厅里。火鸡一到，或者我们在楼上煮的东西准备好后，弗勒德神父会向火鸡和火腿发动进攻，把它们切开。这里的炉子是给食物保温的。一小时内，大家会送来火鸡、火腿和烤土豆，要做的事是把蔬菜煮熟，保温，准备上菜。”

“说起来就是匆忙准备。”另一位墨菲小姐插话说。

“但我们有足够的汤和烈性黑啤，可以在他们等候的时候供应上去。他们都是好人。”

“他们不在乎等时间，就算在乎，也不会说的。”

① 墨菲在英语中还有马铃薯的意思，而当时欧洲正爆发大规模的马铃薯病虫害。

“他们都是男人？”艾丽丝问。

“会来几对夫妻，因为妻子年纪太大，烧不动了，或者是两人太孤单，不管什么原因，其他都是男人。”墨菲小姐说，“他们喜欢聚会，喜欢爱尔兰食物，像做工精良的包馅、烤土豆，还有煮到酥烂的甘蓝菜。”

她朝艾丽丝笑了笑，摇摇头，又叹了口气。十点钟弥撒结束后，大家陆陆续续地来了。弗勒德神父在一张桌子上放了玻璃杯、柠檬汁，还有给小孩的糖果。他给每个进来的人，包括刚刚做好发型的女人，一顶纸帽子。于是当男人们来教堂大殿度圣诞节时，在人群中毫不起眼。直到后来，中午过后，客人们都散去，他们才露出身形，有些独自坐着，面前放着一瓶黑啤，有的三五成群，很多人固执地戴着布帽，而不是纸帽。

先来的人聚坐在一两张长桌上，人数足够，可以先给他们上汤，这样就能尽快洗碗，给下一拨人用。墨菲小姐有些紧张。艾丽丝按照指示，请大家落座在最靠近厨房的主桌，这时候她注意到一个有些驼背的人走进大厅。此人的帽子压得低低的，穿着棕色旧大衣，脖子上围着围巾。她停下脚步，望着他。

他关上大门，仍然站在门口，他观察大厅的眼神和羞涩的脸上带着淡淡的喜悦，刹那间艾丽丝确定，她父亲来到她身边了。她看到他犹豫不决地解开大衣扣子，解下围巾，她觉得自己应该走过去。他走走停停，缓缓穿过大厅，略微不好意思地寻找对他来说最为舒适自在的位置，然后小心翼翼地扫视周围，看是否有他认识的人。她醒悟过来，这不会是他，她是在做梦。这时这人脱下帽子，她看到他根本不像她父亲。她窘迫地环顾左右，希望没人会注意到她。她想，这种感觉无法传达给任何人，她刹那间以为遇到了父亲，但她随即想起，他已死了四年。

第一张桌子还没坐满，她便转身回到厨房，开始清点第一道菜的餐盘，虽然明知数量无误，接着她提起大炖锅的盖子，查看甘蓝菜是否煮熟，虽然明知水还没热。一位墨菲小姐问艾丽丝，最近的那张桌子是否坐满，是否每人都有一杯黑啤，她转身说，她已尽力让大伙儿都去坐那张桌子，但也许墨菲小姐能做得更好。她努力微笑，希望墨菲小姐不会发现什么不妥。

接下来的两个小时她忙忙碌碌，把食物装盘，每次两个地端出去。弗勒德神父切着送来的火鸡和火腿，把包馅和烤土豆装进碗里。有一会儿，一位墨菲小姐心无旁骛地洗碗、擦碗，搞清洁，她妹妹和艾丽丝则给大家上菜，火鸡、火腿、包馅、烤土豆和甘蓝菜，一样都不能落下，匆忙中还要确保每份不能太多，也不能太少。

“现在食物足够了，别担心。”弗勒德神父喊道，“每个人别超过三个土豆，包馅随意。”

他们切了足够的猪肉后，他走到外间，忙着开黑啤酒瓶。

起初艾丽丝觉得大家都一副邋遢相，还发现好多人都有体味。当他们坐下来喝黑啤，等着上汤和菜时，她几乎没法相信来了这么多人，有些人看上去穷困潦倒，老态龙钟，即便是年轻人也有坏牙，穿得破破烂烂。很多人即使在上汤之后都在吸烟。她尽可能地对他们礼貌。

他们彼此交谈，隔着桌子大声打招呼，或是压低声音激烈地讨论，但她很快发现了他们的变化。起初他们让她想起那些坐在恩尼斯科西桥上的人，聚集在阿诺德十字架下和斯莱尼河边路易斯银行里的人，还有从乡村旅馆来的人，以及喝多了的镇上人。但她给他们上菜的时候，他们都转过身来感谢她，说笑间的模样似乎更像她的父亲和兄弟，他们脸上的粗犷在羞涩中消退了，起初貌似倔强和坚硬，现在却奇怪地柔和下来。她给那位曾以为是她父亲的人上菜时，仔细地端详了他一番，吃惊地发现他一点儿都不像，仿佛光影要了她一把，或那纯粹是她臆想出来的。她惊讶地发现他在和邻座的男人用爱尔兰语交谈。

“这样的土鸡和火腿真是奇迹。”墨菲小姐对弗勒德神父说，这时用大盘子盛的第二份菜已经端上了所有桌子。

“布鲁克林之风。”她姐姐说。

“我真高兴是松糕点心，”她补充说，“而不是梅子布丁，不用担心需要保温。”

“你觉得他们吃饭时，会摘下帽子吗？”她姐姐问道，“他们不知道自己是在美国吗？”

“这里没有规定，”弗勒德神父说，“他们可以随意吸烟喝酒。最重要的是，我们要让他们宾至如归。总会有几个人身体不适要送回家的。”

“是喝醉了吧。”一位墨菲小姐说。

“啊，在圣诞节我们管这叫身体不适，我自己家里有好几张给他们备好的床。”弗勒德神父说。

“我们现在要做的是吃我们自己的晚餐，”墨菲小姐说，“我来上菜，我已经给大家备好了热菜，什么都有。”

“唉，我都不知道我们要吃饭。”艾丽丝说。

“可怜的艾丽丝，她饿坏了。你们看看她的样子。”

“我们不要先上松糕点心吗？”艾丽丝问。

“不用，我们再等等，”弗勒德神父说，“把时间拉长。”

等他们撤下点心碟子时，大厅里到处是烟味，大伙儿在热烈交谈。有些人扎堆聚坐在一起，后面总有一两个站着，有些人在人群间走动，还有人拿着棕色纸袋装的威士忌，传来传去。等厨房收拾干净，垃圾箱也清理完之后，弗勒德神父建议说他们也去大厅里和大家一道喝酒。几位客人已经到了，包括几个女人，艾丽丝端着一杯雪莉酒坐下来时心想，爱尔兰夜里有音乐会和婚礼时，任何一个地方的教堂都是这样，到处都是跳舞和站在吧台旁的年轻人。

过了片刻，艾丽丝注意到两个人拿出了小提琴，还有一人拿着小手风琴。他们找了个角落演奏，一些人围过来听音乐。弗勒德神父拿着记事本在大厅里走动，记录名字和住址，老人们与他说话，他就点点头。过了一会儿，他拍了拍手，让大家安静一下，但等了几分钟大家才注意到他。

“我不想打断大家，”他说，“但我们得感谢一位来自恩尼斯科西的好姑娘，还有两位来自阿克洛镇的好女人，感谢她们一天的辛勤劳动。”

一阵鼓掌。

"为了感谢她们，在这大厅里有位大歌星，我们很高兴今年又见到他。"

他指着的那人，正是艾丽丝错认为父亲的那位。他的位置距离艾丽丝和弗勒德神父都很远，当他的名字被叫到时，他站起身，安静地向他们走去。他背朝墙壁而立，这样大家都能看到他。

"这个人，"墨菲小姐悄声对艾丽丝说，"录过唱片。"

艾丽丝抬起头来，那人正朝她招手。似乎叫她过去站在他身边。她突然间想到也许他是想让她唱歌，于是摇了摇头，但他仍然在招手，大家转过身来看她。她别无选择，只得离座向他走去。她不知他为何叫她。走近时才发现他的牙齿很糟糕。

她走到他跟前，他没有招呼她，而是闭上双眼，伸手握住了她的手。他手掌的皮肤柔软。他紧紧抓住她的手，轻轻地摇晃，接着他唱起来了。他的嗓音洪亮、有力，且有鼻音。她觉得他唱的是爱尔兰语，应该是康内马拉地区的爱尔兰语，因为她记得在仁慈修道院里，有个戈尔韦市来的老师就是这种口音。他将每个词都唱得仔细而缓慢，把旋律演绎成一种粗犷豪放的风格。他唱到和声部分时，艾丽丝才听懂了歌词，"如果你将是我的是我的，哦心肝宝贝。"① 他自豪地瞟着她，志气昂扬地唱出这几句。厅里所有的人都静静地望着他。歌曲一共有五到六段，他唱得极为纯净，充满魅力，不时地合上双眼，将他高大的身躯倚在墙上，看

---

① 这句歌词原文为爱尔兰文。

上去根本不像一个老人。他嗓音的力度和动作中的自信掩盖了一切。每当唱到和声部分，他都看着她，曲子便舒缓下来，变得甜蜜可人，然后他垂下头，似乎在说他不仅仅是会唱这首歌，而且他传达的正是歌曲的含义。艾丽丝明白，在歌曲结束时，这个人是多么的遗憾，她也是多么的遗憾，当最后的和声到来时，歌手得向听众们鞠躬，然后回到自己的座位，将位置留给下一位歌手，艾丽丝也得回去坐在她的座位上。

夜晚渐渐过去，有人睡着了，有人得被扶着上厕所。两位墨菲小姐煮着茶，还上了圣诞节蛋糕。唱歌结束后，有几个人拿了外套，谢了弗勒德神父、墨菲小姐和艾丽丝，祝他们圣诞节快乐，然后出门融入了黑夜。

大多数人都离开了，留下来的几位似乎已经烂醉，弗勒德神父对艾丽丝说，如果她想走就可以走了，他会让墨菲小姐陪她回到基欧夫人家。艾丽丝说不用，她习惯独自回家，而且不管怎样，她说，今晚都很安静。她与两位墨菲小姐还有弗勒德神父握了握手，祝大家圣诞快乐，然后走上了布鲁克林漆黑空旷的大街小巷。她想，她会直接进她的房间，不去厨房。她想躺在床上，将所有的事回想一番，然后进入梦乡。

第三章

一月份，艾丽丝早晨去上班时感到刺骨的严寒。无论她走得多快，甚至是买了厚袜子后，走到巴尔托奇后双脚还是冻僵。街上每个人都捂得严严实实，穿厚大衣，戴围巾、帽子、手套，踩着靴子，像是生怕自己露出来。她发现他们甚至用厚毛巾或头巾捂住了口鼻。她只能看到他们的眼睛，那些目光仿佛因天寒而受到惊吓，又因低温和大风而几近崩溃。傍晚下课后，学生们挤在大学的门厅里，用衣服层层裹住自己，抵御夜晚的寒冷。她想，这就像滑稽戏前的准备，大家都在换戏服，动作迟缓而刻意，脸上带着茫然的决心。若是天还不冷，这情景是不能想象的，她走过这些街道时，也不会只念着基欧夫人家暖和的门廊、暖和的厨房和她那暖和的卧室。

一天傍晚，艾丽丝正要上楼睡觉，却看到基欧夫人站在她自己的客厅门口，在暗处徘徊，像是不想被人瞧见。她没出声，朝艾丽丝招了招手，叫她进房间，随后轻轻地关上门。她走到房间那头，坐在壁炉旁的扶手椅上，示意艾丽丝去坐对面的那个扶手椅，还是一言不发。她神态严峻，伸出右手往下压了压，示意艾丽丝如果开口说话，也要小点声。

“好了。”她说着望了一眼正在壁炉里熊熊燃烧的火苗，添了一根柴火进去，接着又添了一根。“不许说你到过这里。你保证？”

艾丽丝点点头。

“基根小姐就要走了，对我来说她走得越快越好。我向她保证过对谁都不说。她是典型的爱尔兰西部人，那种人就是不爱说心里话。所以她不向大家告别也很正常。她星期一走，我希望你搬到她那地下室的房间去住。那里已经不潮湿了，所以别这么看着我。”

“我没看着你。”艾丽丝说。

“好吧，别看。”

基欧夫人盯着火苗看了一会，然后又盯着地板。“这是这幢房子里最好的房间了，面积最大，最暖和，最安静，装潢也最好。我不希望这事有争议。你去住，就这样。所以你星期天收拾东西，星期一你去上班的时候，我会把东西搬下去，就完事了。你要拿一个地下室的钥匙，因为你有自己的过道，是和蒙蒂尼小姐共享的，当然，如果你丢了钥匙，一楼和地下室之间还有楼梯，所以不用着急。”

“我得到了那房间，其他人不会有意见吗？”艾丽丝问。

“会的。”基欧夫人说着朝她笑了笑。接着她又看着火，满意地点点头。她抬起头，直直地盯着艾丽丝。艾丽丝过了一会才意识到基欧夫人的意思是她可以走了。她默默地站起来，基欧夫人再次伸出右手，让艾丽丝不要发出声音。

艾丽丝上楼去卧室时，突然想到，地下室可能其实又潮又小。她从未听说这房子里哪个人说过它是最好的房间。她寻思着，这一番神秘兮兮是不是为了把她弄到那地方去，同时杜绝她反对的机会，让她无法去实地勘查一番呢？她意识到，她得等到星期一晚上下课回来才行。

此后几天，她开始害怕起搬房间来了，一想到基欧夫人会在她外出的时候动她的箱子，并搬到那个地方去，她就觉得很讨厌，那地方基根小姐每天出没，在艾丽丝看起来丝毫没显示出她住的是最好的房间。她还想到，她没法去向弗勒德神父抱怨房间阴暗潮湿。她已经得到了他足够的同情，她知道基欧夫人也很清楚这点。

星期天，她理好箱子，放在床边，发现东西已经多出好些，没法全部塞进箱子了。她只得下楼悄悄地向基欧夫人借了几个包，她觉得自己被基欧夫人利用了，而且之前折磨过她的思乡病又开始发作。那一晚，她失眠了。

早晨刺骨的寒风与前不同，似乎从四面八方刮来，风里夹着冰，街上行人埋头走路，有些人在等待过街时被冻得蹦蹦跳跳。爱尔兰人不知道，美国才是地球上最冷的地方，寒冷早晨的美国人是最悲惨的，想到这儿，她差点笑起来。如果写在信里，没人会相信吧。在巴尔托奇，只要谁把门开得时间稍长，大家就会嚎叫，厚羊毛内衣卖得特好，销量胜过平时。

那天晚上，艾丽丝在课上做笔记时，挣扎着让自己保持清醒，已经无力去思考回到基欧夫人家后会怎样。下了电车走回家时，她决定只要新房间暖和，有一个床能让她睡觉，她就不在乎它是什么样了。夜晚万籁俱寂，风停了，冰冷的空气咬着她的脚趾和手指，刺着脸上的皮肤，干冷而噬骨，她不由得祈祷这次徒步快些结束，虽然她明知才走到一半。

她一打开大门，基欧夫人就出现在门厅，手指举在唇边。她示意艾丽丝等一等，片刻后又回来，确定没人从厨房走进门厅后，她交给艾丽丝一把钥匙，让她重新跨入黑暗，自己轻轻关上大门。艾丽丝下楼梯到地下室，打开门时基欧夫人已经在等她了。

“别发出声音。”她小声说。

她打开通往第一间地下室的门，基根小姐刚刚搬走。角落里的落地灯，床边柜旁的台灯，已经点亮了。加上较低的天花板、黑天鹅绒的窗帘、图案精致的床罩和地板上的地毯，使得这屋子看起来富丽堂皇，像是一幅画或是一张老照片。艾丽丝看到角落里有张摇椅，壁炉里有柴火，下面还有等待引燃的纸。这房间比她原来的那个大了一倍，还有一张可供她读书的书桌，壁炉另一侧有沙发椅，就摆在摇椅旁。她现在睡的房间可没这些功能，那简直就是斯巴达式①的了。她知道所有房客都会垂涎这间屋子的。

“如果有人问起，就说你的房间在装修。”基欧夫人说着打开一个巨大的入墙式衣柜，里面的木料染上了暗红色，她指给艾丽丝看箱包在哪里。基欧夫人的目光骄傲而又柔和，带着些许悲伤，她站着看她的样子，让艾丽丝突然意识到这屋子恐怕早在基欧先生离家之前就有了。她看到双人床时，心想这是否曾是他们的卧室。她不知道他们是否曾经出租过楼上的房间。

---

① 斯巴达人生活俭朴，斯巴达式往往用来形容艰苦朴素。

“卫生间在走廊尽头。”基欧夫人说。她有些不安地站在幽暗的屋子里，仿佛想要重拾她的镇静。

“对别人什么都别说，”她补充道，“只要你谨遵此言，就不会犯错。”

“这房间真好。”艾丽丝说。

“你可以生火，”基欧夫人说，“但基根小姐只在星期天才生火，因为这很费柴。我不知道为什么。”

“其他人不会生气吗？”艾丽丝问。

“这是我的房子，随她们怎么生气，越生气越好。”

“但是……”

“你是这些人里最懂礼貌的。”

基欧夫人努力露了一个微笑，她的语气让艾丽丝感觉到有一种悲伤潜入了屋子。她相信基欧夫人在不了解她的情况下，给了她很多，也说了太多的话。她不希望基欧夫人对她过于亲近，或是在任何方面依赖于她。艾丽丝有一会儿默不作声，虽然明知这样显得不通情理，她几乎是一本正经地朝基欧夫人点了点头。

“其他人什么时候会知道我在这里呢？”她最后问。

“爱什么时候知道就什么时候知道吧。这不关她们的事。”

艾丽丝明白过来基欧夫人做了什么，也明白这会在其他房客中给她造成什么麻烦，她希望自己待在原来那个房间里。

“我希望她们不会指责我。”

“别理她们。我不认为我俩要因为那几个人而牺牲一晚上的睡眠时间。”

艾丽丝站直了身子，想让自己显得高些，她冷冷地看着基欧夫人。显然，房东的最后一句话带着明确的信息，她和艾丽丝是与其他房客有距离的，而且她预备暗示那些人，是她们合谋了此事。艾丽丝相信这还只是对基欧夫人假定的一部分。还有，基欧夫人为她做的决定，最新来的人得到了最好的房间，不仅会在她和帕蒂、戴安娜、麦克亚当小姐和谢拉·赫弗南之间造成嫉恨和矛盾，还迟早会让基欧夫人觉得可以随心所欲地换回赐予她的恩德。

艾丽丝想，如果基欧夫人有急需的话，是会这么做的，或者把她们的关系搞得很亲密，像是什么朋友或亲戚。站在屋里时，艾丽丝对基欧夫人火冒三丈，这种感觉加上疲倦，她勇气倍增。

“总是说实话的好。”她模仿着罗丝的语气说。罗丝发觉自尊受到威胁或是什么方面不得体，就会这么说。“我是说对大家说实话。”她补充说。

“等你像我这样经历世事，”基欧夫人回答说，“你会知道这只在某些时候才起作用。”

房东被拂了脸面，咄咄逼人地盯着艾丽丝，艾丽丝回敬目光，没有退缩。她决心不发一言，不管基欧夫人说什么。她觉得这老女人对她这般恼怒，仿佛自己破天荒地背叛了她似的。但她后来意识到，基欧夫人给她这房间，这种慷慨大方的行为，从其心中释放了一些愤世嫉俗，而如今基欧夫人又将之小心翼翼地归位了。

“我说的卫生间在走廊那头，”她最后说了一句，“我把钥匙放在这儿了。”

她把钥匙放在边桌上，离开房间，砰的一声甩上房门，整栋楼里的人都听到了。

艾丽丝想，如果她说自己并没有主动要这间屋，其他人会相信吗？她早饭时间刻意避开了厨房。次日早晨，她在卫生间碰到戴安娜，一言不发匆匆与她擦肩而过。但她知道，到了周末，就无法避免和其他人说话了。于是周五傍晚，基欧夫人离开厨房后，麦克亚当小姐说她想单独和她谈谈，艾丽丝并不意外。在麦克亚当小姐警惕的注视下，艾丽丝仿佛变成一个可能会潜逃的假释犯人，她一直待在厨房，等到其他人都离去。

"我想你已经听说了。"麦克亚当小姐对她说。

艾丽丝装出一脸茫然。

"你最好坐下来。"

壶里水开了，麦克亚当小姐过去冲满了茶壶，接着说道："你知道基根小姐为何要走吗？"

"我怎么会知道？"

"那么你不知道？我想也是。嗯，基欧那女人是知道的，其他人也都知道。"

"基根小姐去哪了？她有麻烦了吗？"

"她去长岛了。理由很充分。"

"出了什么事？"

"她回家时被人跟踪了。"麦克亚当小姐说出这句时，兴奋地两眼放光。她缓缓倒着茶。

“跟踪？”

“据我所知，也许不止一两个晚上，说不定更多。”

“你是说跟踪到这里？”

“我就是这意思。”

麦克亚当小姐抿了口茶，目光锐利地望着艾丽丝。

“谁跟踪她？”

“一个男人。”

艾丽丝往茶里加牛奶和糖时，想起了母亲常说的话。

“但当然了，如果一个男人把基根小姐拐跑的话，他会在第一个路灯柱子下把她甩掉的，因为他把她看清楚了。”

“但那不是一个正常的男人。”

“你什么意思？”

“最后一次跟踪她时，他把那家伙露出来给她看。他是那种男人。”

“谁告诉你这些的？”

“基根小姐对赫弗南小姐说过，离开之前，她又私下里告诉了我。她一直被跟踪到家门口。她走楼梯下去时，那人就亮家伙了。”

“她没叫警察吗？”

“当然叫了，接着就打包收拾行李。她觉得自己认得那人，知道他住在哪里。他以前也跟踪过她。”

“这些她全告诉警察了吗？”

“是的，但他们也无能为力，除非她能指认他，但她又不打算指认。所以她卷铺盖走了。她搬去长岛和哥哥嫂嫂同住。事情更糟的是，基欧那女人想叫我搬到基根小姐的房间去。她说那是这栋楼里最好的房间。我把她轰走了。然后赫弗南小姐很生气。还有戴安娜也拒绝独自住在地下室。所以她叫你去，因为别人都不肯。”

艾丽丝发现麦克亚当小姐对她感到十分欣慰。她看着这个大龄女人啜着茶，突然想到这很可能是她在报复自己和基欧夫人。另一方面，她估摸着这大概是真的。基欧夫人利用了她，因为她是唯一一个不知基根小姐离开原因的房客。接着她想，在她还没搬去地下室之前，基欧夫人没法知道她是否会发现真相。她越是观察麦克亚当小姐，心中就越是肯定，她若不是编造了露阴癖男人的事，便是添油加醋了。她不知道麦克亚当小姐是在其他房客怂恿下这么做的，还是她独立行动。

“那房间很好。”艾丽丝说。

“也许是好，”麦克亚当小姐回答说，“你知道，当初我们都想要那屋子，但基根小姐拿到了，这下也省得每次你一关房门，基欧那女人就打听你的事。但我不想搬到下面去住，灯亮着，大家都看得到。也许我不该再多说什么了。”

“想说什么就说吧。”

“嗯，对于一个晚上独自走路回家的人来说，你看上去非常平静。”

“如果有人对我掏家伙，你会是第一个知道的。”

“如果我还在这里的话，”麦克亚当小姐说，“说不定我们都得去长岛。”

此后几天，艾丽丝一直没想明白麦克亚当小姐对她说的话。在厨房和其他房客吃饭时，她开始相信她们联合起来吓唬她，因为她占了基根小姐的房间，后来就认定基欧夫人将她安排在那里，并非因为她最得宠，而是因为她最不可能提出抗议。她们和她说话时，她观察着她们的表情，但什么都看不出来。她想承认一种可能性，即大家的动机都是好的，基欧夫人是真心实意，慷慨大方地给她这房间，麦克亚当小姐和其他几位确实并不在意，只想提醒她那个男人跟踪过基根小姐的事，让她多加小心，但她想这不大可能。她盼望自己能在房客中间有个知心朋友，能去听取建议。她又想，是不是她自己有问题呢，从他人的动机里品出实际并不存在的邪恶。如果她夜间醒来，或者工作时稍有空闲，她会一遍遍从头回顾这件事，一会儿责怪基欧夫人、麦克亚当小姐和其他房客，一会儿又自我谴责，到头来仍然没有答案，最好的办法就是不要去想。

下一个星期天，弗勒德神父宣布说教堂即将举办舞会，为教区慈善事业筹款，他已经请到了帕特·苏利文竖琴和沙洛克管弦乐队，请教民们广为宣传，第一场舞会将会在一月的最后一个星期五举行，只要不另行通知，此后每个星期五都会有。

那天傍晚，基欧夫人从牌局出来，在餐厅待了一会，坐到桌边，房客们正在谈论舞会。

“我希望弗勒德神父明白他在做什么，”基欧夫人说，“在战后的教堂举办舞会，他们得停止这事儿，这不道德。有些意大利人已经来找爱尔兰姑娘了。”

“啊，我看不出哪里不对，”戴安娜说，“我父亲是意大利人，我想他就是在舞会上认识我母亲的。”

“我相信他是个好人，”基欧夫人说，“但战后有些意大利人很开放。”

“他们长得很帅。”帕蒂说。

“也许是吧，”基欧夫人说，“我相信有些是不错，但我听说得提防他们中间的很多人。意大利人就说到这里吧，我们不如换个话题。”

“我希望不会是一场爱尔兰式的舞会。”帕蒂说。

“帕特·苏利文的乐队很棒，”谢拉·赫弗南说，“他们能演奏好多曲目，从爱尔兰小调到华尔兹到狐步舞到美国音乐。”

“这真不赖，”帕蒂说，“只要我能为爱尔兰舞会上的花样一直坐着。天哪，这真该废除。都到这个年头了！”

“如果你不走运，”麦克亚当小姐说，“你就会坐一整个晚上，除非去洗手间啦。”

“舞会说得够多了，”基欧夫人说，“我根本不该来餐厅。留点神吧，我只有这句话了。你们生活的道路长着呢。”

片刻之后，随着舞会的时间临近，楼里分成了两派。一派是帕蒂和戴安娜，她们想要艾丽丝一起去餐馆，她们会在那儿遇到同去舞会的人，另一派是麦克亚当小姐和谢拉·赫弗南，认定那餐馆实则是酒吧，去那里的人常常不是脑子不清醒，就是言行不端。她们希望艾丽丝和她们直接从基欧夫人家去教堂，目的是支持公益事业，而且为了礼貌起见，要尽早出门。

“爱尔兰有件事我避之唯恐不及，那就是星期五和星期六晚上的牲畜市场，我宁可一个人，也不要有醉醺醺的、带着可怕发油味的同伴把我挤来挤去。”

“在我老家，”麦克亚当小姐说，“我们根本不出门，我们比这好多了。”

“那你们怎么认识朋友呢？”戴安娜问。

“你也不看看她，”帕蒂打断说，“她这辈子就没遇到过朋友。”

“哼，我们交朋友，”麦克亚当小姐说，“可不是在酒吧里。”

最后，艾丽丝和麦克亚当小姐还有谢拉·赫弗南留在家里，她们等到十点后才去教堂。她发现她俩的包里都装了高跟鞋，一到那儿就换。她还看到两人都把头发往后梳了，化了妆，抹了口红。第一眼看到她们，她担心自己会相形见绌。若是接下来的时间都和她俩待在一块，她会觉得不自在，虽然也没多长时间了。她们看来是花了大力气，而她只是稍加打理了自己，穿了她唯一的一条好裙子和一双全新的尼龙袜。她们在寒冷的夜里走向教堂，她打算好好看看舞会上其他女人都穿什么，下次就不会显得如此平庸了。

快到的时候，她害怕起来，觉得早该找个借口留在家里。帕蒂和戴安娜在离开之前嘻嘻哈哈，跑上跑下，一层层楼梯地让大家欣赏她们，甚至在离开家门之前，还去敲响了基欧夫人的房门，好叫她看到她们。艾丽丝很高兴自己没有随她们走，但如今进了大厅，在麦克亚当小姐和谢拉·赫弗南之间出现的沉默紧张气氛中，她感到她们心情紧张，为她们觉得遗憾，同时也遗憾自己得和她们共度此夜，在她们想走的时候才能走。

大厅里空荡荡的，她们付了钱就去女士更衣室，麦克亚当小姐和谢拉·赫弗南照着镜子，补化妆和唇膏，也给了艾丽丝唇膏和睫毛膏。三人都往镜子里瞧时，艾丽丝发现自己的发型非常糟糕。她想就算自己再也不去跳舞，也得做些什么才好。而罗丝帮她买的裙子，看起来也糟透了。她已经有了些积蓄，觉得可以去买几件新衣服了，但她知道独自去做此事并不容易，而她的两个伙伴和帕蒂、戴安娜一样帮不上忙。这两人穿着打扮太老派守旧，而那两人又过于摩登花哨。她决定五月份考试结束，就花时间去商店看看价格，找到最适合她的美国衣服。

她们步入大厅，穿过没有人的舞池，面对面坐在长凳上。好几对中年夫妇正在和着音乐跳华尔兹。她们看到了弗勒德神父，他走来与她们握手。

“我们巴望着来一大群人，”他说，“但是你想要人来的时候人偏偏不来。”

“噢，我知道人都去哪里了，”麦克亚当小姐说，“去喝酒给自己打气了。”

“啊，好吧，现在是星期五晚上，我想。”

“希望他们不会喝醉。”麦克亚当小姐说。

“哦，我们的门卫都很尽职的。希望今晚能尽兴。”

“如果您去开酒吧，准会发大财。”谢拉·赫弗南说。

“别以为我想过这种事。”弗勒德神父说着搓了搓手，哈哈笑着离开了，穿过舞池往主通道走去。

艾丽丝望向乐师们。有个拉手风琴的面带愁容，他演奏的是节奏缓慢的华尔兹。一个年轻人打鼓，另一个年纪稍大的在后面拉大提琴。她看到舞台上放着几件铜管乐器，还有给歌手准备的麦克风，于是她猜想等到厅里人多了之后，会来更多乐师。

谢拉·赫弗南给每个人拿了一杯柠檬汽水，她们静静地啜着饮料，坐在长凳上，大厅里人渐渐多了。但帕蒂、戴安娜和她们那群人仍然没有影子。

“她们大概在别的地方有更好的舞会了。”谢拉说。

“指望她们来支持自己教区的舞会，那是期望太高了。”麦克亚当小姐补充了一句。

“而且我听说，在桥那头的曼哈顿，有些舞会是会出乱子的。”谢拉·赫弗南说。

“嘿，这舞会早点结束，我就可以回家躺在自己暖和的床上，那才好呢。”麦克亚当小姐说。

起初艾丽丝没看到帕蒂和戴安娜，只瞟见一群年轻人闹哄哄地进了大厅。有几个男人穿着鲜亮的套装，倒梳的头发抹了发油。有一两位仪表堂堂，像电影明星。这些人刚进场时，艾丽丝能想象他们是怎么看待她和她的两个同伴的，他们目光炯炯，神采奕奕，正满心期待。接着她看见戴安娜和帕蒂也在他们中间，都光彩照人，配上热烈笑容，看上去完美无瑕。

艾丽丝真想和他们在一起啊，像他们那么穿着打扮，让自己也显得魅力非凡，随意说笑，而不是像她现在这样呼吸急促地望着他们。她不敢转头去看麦克亚当小姐和谢拉·赫弗南，她知道她们的感觉和自己差不多，但她也知道她们会说很讨厌新来的那帮人。她没法望一眼两位伙伴，害怕会从她们脸上看到自己的忐忑不安，想到自己也正装出自得其乐，无暇旁顾的样子。

音乐变了，不再是爱尔兰调子，手风琴师开始在萨克斯管上演奏一个舒缓的曲调，大多数跳舞的人都知道这首曲子。此时舞厅里满是人了。舞者慢慢移动步子，艾丽丝觉得他们对音乐的反应，比老家跳舞的那些人优雅多了。节奏变慢，她吃惊地发现有些人跳舞时靠得很近，有几个女人几乎是被舞伴抱在怀里。她看到戴安娜和帕蒂充满自信，技巧娴熟，戴安娜朝伙伴们移动过来时，闭上了眼睛，仿佛心中只有音乐、与她共舞的高个子男人，以及一宵欢畅。她经过之后，麦克亚当小姐说她们该走了。

她们穿过大厅去拿外套，艾丽丝希望她们可以等到这曲结束再走，这样就不至于会被看到过早离开。三人默默朝家走去，她不知道心中是何感受。乐队演奏的曲调柔美，舞伴们穿的衣服，在她看来入时而得体。她明白自己永远都无法企及。

“戴安娜应该为自己感到羞愧，”麦克亚当小姐说，“天知道她是什么时候变成那样的。”

“那位是她男朋友吗？”艾丽丝问。

“谁知道？”谢拉·赫弗南说，“她每天都换一个，星期天还换两个。”

“他看上去好棒，”艾丽丝说，“跳得真好。”

两个同伴都没有说话。麦克亚当小姐加快步伐，另两位不得不跟上。艾丽丝很高兴自己说了这句，虽然显而易见惹恼了她们。她寻思着是否该说些更狠的话，也许她们下周就不会让她同去舞会了。但她决定要去购物，哪怕只是买双新鞋，也会让她自觉与看到的那些跳舞姑娘们更近一步。她盘算了一会，想向帕蒂和戴安娜请教服饰和化妆，但又觉得不合适。到家后，麦克亚当小姐和谢拉·赫弗南都没对她道晚安，她决定无论如何都不再与她们同去舞会了。

星期一上班，福尔蒂尼小姐在等她。福尔蒂尼小姐让她和另一位售货员德拉诺小姐一起随她去了巴尔托奇小姐的办公室。一进门，表情严肃的巴尔托奇小姐就示意她们坐到对面。艾丽丝起初以为自己做错了事。

“店里会迎来一次大变化，”她说，“因为外界会有大变化。越来越多的有色人种将来到布鲁克林。”

巴尔托奇小姐望着她们几个，艾丽丝不知她们把这事当作商机还是坏消息。

“我们将欢迎黑女人来我们的店里购物。我们要从卖尼龙袜开始。整条街上这将是第一家开始低价销售红狐牌袜子的，很快我们会加上深褐色和咖啡色。”

“都是有色的。”福尔蒂尼小姐说。

“黑女人要买红狐牌袜子，我们就卖给她们，你们两个要对进入商店的任何人都以礼相待，不管是黑人还是白人。”

“她俩一直都很礼貌，”福尔蒂尼小姐说，“但我也会看着的，等布告一上橱窗。”

“我们可能会失去顾客，”巴尔托奇小姐打断说，“但我们会用最合适的价格卖给任何一个想买的人。”

“但红狐牌袜子必须和其他普通袜子分开，”福尔蒂尼小姐说，“至少在开始的时候要分开。莱西小姐和德拉诺小姐，你们俩去管那个柜台，要若无其事。”

“布告今天上午就会上橱窗，”巴尔托奇小姐补充说，“你们站在那里，要面带笑容，成吗？”

艾丽丝和她的同伴互看一眼，点点头。

“你们今天或许不会很忙，”巴尔托奇小姐说，“但我们要去合适的地方发传单，如果运气好，到了周末你们就会忙得不可开交了。”

随后福尔蒂尼小姐带她们回到营业区，靠左的长桌旁，男人们正在堆新的包装袋，里面几乎全是红色尼龙袜。

“她们为什么选了我俩？”德拉诺小姐问她。

“她们一定觉得我们好。”艾丽丝说。

“你是爱尔兰人，这点让你与众不同。”

“你呢？”

“我是布鲁克林人。”

“哦，你干得大概很不错吧。”

“我也许只是容易被摆布罢了。等着我父亲知道这事吧。”

艾丽丝看到德拉诺小姐眉毛拔得很漂亮，她眼前出现一幅景象，此人拿着镊子一连数小时待在镜子前。

一整天她们站在柜台后悄悄聊天，但没人过来看红色尼龙袜。次日，艾丽丝瞟见两个中年黑女人走进商店，福尔蒂尼小姐迎了上去，她们朝她和德拉诺小姐走来。她发现自己愣愣地瞧着这两个女人，接着醒悟过来，扫视四周却发现大家都在望着她们。她再次看向这两人时，发现她们穿得很漂亮，都穿浅黄色的羊毛大衣，彼此随意交谈，好像她们走进这家店并没有什么特别之处。

艾丽丝发现德拉诺小姐在她们走过来时就朝后退了，但她站在原地，这两个女人开始看尼龙袜，查看不同的型号。她瞅着她们着色的指甲，又打量她们的脸，她准备在她们望向她时展颜微笑。但她们并没有从尼龙袜上抬头，在挑选了一大堆袜子并交给艾丽丝时也没抬头，她们没触到她的目光。她把价钱加起来，给顾客过目，这时看见福尔蒂尼小姐在店的另一头注视自己。她接钱时，注意到这女人的掌心很白，而手背很黑。她飞快地拿了钱，放进盒子，送去现金出纳部。

她等着收据和找零出来时，两名顾客继续旁若无人地交谈。虽然她们已经人到中年，艾丽丝觉得她们风韵犹存，并且精心打扮，她们的发型极好，衣服漂亮。她看不出她们是否化过妆，她闻到了香水，但不知是什么香型。她把找零和精心包装在棕色纸袋里的尼龙袜递过去时，说了声谢谢，但她们并没有回应，只是拿着找零、收据和包装袋，优雅地朝门外走去。

此后几天，有更多的有色人来，人一进门，艾丽丝就注意到店里的气氛变了，一下子凝固起来，透着警惕的味道。为了不挡道，其他人都不走动，只是低着头，显出忙碌的样子，时不时地朝那堆满红狐牌袜子的柜台瞟上一眼，再垂下视线。福尔蒂尼小姐站在后面，但双眼不离柜台。每当新顾客过来，德拉诺小姐就朝后退，让艾丽丝去招呼，但如果有第二拨客人来，她就会迎上前去，好像这是说好的似的。黑女人从来不是单独走进商店的，大多数人也不看艾丽丝，或者不会直接和她打招呼。

少数几个与她说话的，措辞非常礼貌，弄得她很不好意思。当新的咖啡色和深褐色到货后，她就对顾客说那里有浅色的货，但她们大多不理她。每天下班时，她都筋疲力尽，觉得上课简直就是休闲了，可以忘却围绕在柜台周围的紧张气氛。她希望自己并没有被指派去那个柜台，想着是否还会被指派到另一个地方去。

艾丽丝喜欢她的房间，喜欢把书放在窗对面的桌子上，晚上一进门，就换上她在特价时买回来的睡裤和睡袍，穿上保暖拖鞋，看上一个多小时的课堂笔记，然后温习买来的簿记和会计手册，最后才睡觉。她唯一的麻烦是法律课。她爱看罗森布鲁先生讲课的手势和说话的样子，有时他会把一整个案例表演出来给他们看，生动地描述诉讼方，即使那只是个公司，但她和另外那些与她交流过的学生，都不知道他对他们是什么要求，考试卷上大概会出现什么问题。罗森布鲁先生如此学识广博，她想他会不会也要求他们也对案例具备同样的知识和理解呢，还有那些前例、判决、利益损害和法官的个性。

她心中焦虑，想要直接与他谈此问题。他讲课飞快，从一个案例讲到另一个，从具体的法律理论意义讲到在实际案例中的应用，但一下课他就走人，仿佛有紧急约会似的。艾丽丝决定坐在第一排，等他一讲完就走上前，但到了时候，又紧张起来。她不希望他觉得这是对他的批评，还担心听不懂他说的话。她以前从没见过这样的人。他让她想起了富尔顿街附近几家咖啡店里的服务员，他们没有耐心，需要她来拿定主意，而且无论她要什么，他们都会问一句，大杯还是小杯，是否加热或放芥末。在巴尔托奇店，她已经学会了对顾客要勇敢果断，但当自己成为顾客时，却发现自己犹豫迟缓。

她得走到罗森布鲁先生面前。他那么聪明，懂得那么多，她走向讲台时，还在想，这样一个简单的问题，他会如何反应。但他注意到她后，她觉得自己顿时镇定下来了。

“请问我能买一本书来帮助理解这门课吗？”她问。

罗森布鲁先生似乎有些迷惑，一时没有回答。

“您的课很有趣，”她说，“但我担心考试。”

“你和他们一样？”他看起来比刚才对着众多学生讲法律的样子年轻了一些。

“是的。”她说着笑了，对自己感到惊讶，竟然一点也没结巴，连脸都没红一下。

“你是英国人？”他问。

“不，爱尔兰人。”

“大老远从爱尔兰来的呀。”他似乎在自言自语。

“我想您是否能推荐另一本教材或指导书，我能用来复习考试的。”

“你看起来很担心呢。”

“我不知道我记的笔记和买的书是否够用。”

“你想多读点？”

“我想买一本能自学的书。”

他环顾了一下已经迅速撤空的课堂，似乎深深地陷入了沉思，像是这个问题为难了他。

“基础公司法方面，有几本好书的。”

她以为他会给个书单，但他却沉默了片刻。

“你觉得我讲得太快了？”

“没有，我只是不知道我的笔记能否应付考试。”

他打开手提包，拿出一个笔记本。

“你是这里唯一的爱尔兰学生吗？”

“我想是的。”

她看着他在一张白纸上写下一串书名。

“在西二十三街，有家专业的法律书店，”他说，“是在曼哈顿，你得去那里买书。”

“这几本书是用来考试的吗？”

“当然了，如果你掌握公司和民事侵权行为的基础知识，就能通过考试了。”

“书店每天开吗？”

“我想是的。你得去确定一下，不过我想没错儿。”

她点点头，想要微笑一下，他却似乎更心事重重了。

“你能跟上进度吗？”

“当然能，”她说，“没问题。”

他把笔记本塞进包里，突然转身。

“谢谢您。”她说，但他没回答，而是飞快地离开了教室。她推开教室门时，门卫正等着锁门。她是最后一个走的。

她问戴安娜和帕蒂西二十三街在哪儿，把具体地址给她们看。她们说，“西”指的是第五大道以西，而这数字是指这家店在第六大道和第七大道之间。她们把地图摊开在餐桌上给她看，吃惊地发现艾丽丝从没去过曼哈顿。

“那里很棒的。”戴安娜说。

“第五大道就像天堂一样，”帕蒂说，“要能住在那儿，我干什么都愿意。我想嫁个在第五大道有宅邸的阔佬。”

“穷人也行，”戴安娜说，“只要他有房子。”

她们告诉她怎样坐地铁去西二十三街，她决定等下回巴尔托奇放半天假时过去。

充满希望的星期五之夜来临时，艾丽丝不想去问麦克亚当小姐或谢拉·赫弗南小姐是否去教堂跳舞，她也明白若是跟帕蒂和戴安娜去了，就很不仗义，而且花费也太高，因为她们要先去一家餐馆，而她也得去买新衣服来跟上她们的穿戴。

星期五下班后，她拿着块手帕去吃晚餐，提醒别人莫要靠近她，以免传染了感冒。一顿饭上，她大声吸溜鼻子，几次用力抽鼻涕。她不在乎别人是否相信，只要得了感冒，就是不去舞会的绝佳借口。她也知道这会让基欧夫人来讨论冬天疾病的话题，那本就是这房东爱好的话题之一。

“冻疮，”她说，“你们要多小心冻疮。我在你们这个年纪，差点被它折磨死。”

“要我说在店里，”麦克亚当小姐对艾丽丝说，“能传染到各种病菌。”

“你在办公室也能感染各种病菌。”基欧夫人说着瞟了艾丽丝一眼，表明她知道麦克亚当小姐是想贬低艾丽丝，因为她正是在商店里工作的。

“但你并不知道谁……”

“好了，麦克亚当小姐，”基欧夫人说，“天寒地冻的，我们最好都早点上床睡觉。”

“我只是听说黑女人去巴尔托奇了。”麦克亚当小姐说。

片刻之间，无人发言。

“我也听说了。”过了一会儿，谢拉·赫弗南低声说。

艾丽丝垂眼看着自己的盘子。

“好吧，我们可能不喜欢她们，可是黑人在海外打仗，不是吗？”基欧夫人问道，“他们和我们的同胞一样被杀死。我一直是这么说的。需要他们的时候，没人会在意这个。”

“但我不要……”麦克亚当小姐说。

“我们知道你不要什么。”基欧夫人打断说。

“我不要在店里侍候她们。”麦克亚当小姐非要说下去不可。

“天呐，我也不要。”帕蒂说。

“你不要她们的钱？”基欧夫人说。

“她们很和气，”艾丽丝说，“有几个穿的衣服很漂亮。”

“这么说是真的了？”谢拉·赫弗南问，“我还以为是开玩笑呢。好吧，那就是了。没事，我会经过巴尔托奇的，但就得从街对面走了。”

艾丽丝突然勇气倍增。

“我会告诉巴尔托奇先生的。谢拉，他会很失望。你和你的朋友，衣着风格很出名，特别是穿抽丝的长筒袜和起球的旧毛衣。”

“你们都说够了吧，”基欧夫人说，“我想安安静静地把晚饭吃完。”

此时屋子里一片寂静，帕蒂忍住了笑，谢拉·赫弗南离开了房间，但麦克亚当小姐脸色煞白，直勾勾地瞪着艾丽丝。

接下来那个星期四下午，她去了曼哈顿，但没觉得与布鲁克林有多大区别，只是走出地铁站时，感到这儿更为干冷，风也更猛。她不确定自己期待什么，但毫无疑问，这里灯红酒绿，有更多五光十色的店面，人们衣着也更为讲究，布鲁克林给她的感觉是沉闷阴郁的，这儿要好一些。

她期待着将第一次去曼哈顿的经历写信告诉母亲和罗丝，但她想到这便要涉及巴尔托奇新来的黑人顾客，以及由此引发的与房客们的斗智斗勇。她还不想将这些写入家信，免得她们担心，或让她们觉得她没能好好照顾自己。她也不想写让她们失望的信。

接着她走上一条街，看到满街都是肮脏的店铺和潦倒的人，她觉得若是再写信，这些都毫无帮助，除非她开个玩笑，让她们相信闻名不如见面，曼哈顿不及布鲁克林，她如今住在布鲁克林可是什么都不缺，而且短期内也不想再去曼哈顿了。

她很容易找到了那家书店，一走进去，就被里面书的阵容震撼了，有些书的体积和重量相当惊人。她想在爱尔兰是不是也有这么多法律书，恩尼斯科西的律师在学习的时候是否也将自己埋在这样的书堆中。她知道这会是一个很好的话题，她要写信给罗丝，因为罗丝的高尔夫球友中有一位是律师的妻子。

艾丽丝在书店里兜了一圈，浏览书架上的书名，看出有些书已经旧了，说不定还是二手货。她不难想象罗森布鲁先生在这里的样子，翻阅着，面前摊着一两本大书，或爬梯子去取高处的书。她几次在信中提到他后，罗丝回信问他是否已婚。这很难回信解释，在艾丽丝看来，他学识渊博，沉湎于他那门学科的细微之处，为人又那么严肃，实在难以想象他有妻子儿女。罗丝在信中又提到，如果艾丽丝有私人问题想探讨，不想让母亲知道，那么可以写信到罗丝的办公地址，罗丝保证不会让其他人看到信。

艾丽丝笑了，她所能写的就是第一次舞会，而这事她对母亲可以畅所欲言，把它当作过去的一个笑话而已。她没有什么私情要对罗丝讲的。

她浏览书架时明白了一件事，她不可能从这么多书中找出书单上的那三本，所以柜台后的那位老人朝她走来时，她直接把书单递给他，说明自己就是来找这个的。那人戴着厚厚的眼镜，把书单举到额头才能看清上面的字。他眯缝了眼。

“这是你写的？”

“不，是我老师写的。他推荐了这些书。”

“你是学法律的？”

“不算是吧，不过我在上法律课。”

“你的老师姓什么？”

“罗森布鲁先生。”

“约书亚·罗森布鲁？”

“我不知道他前面的名字。”

“你学的是什么？”

“我目前在布鲁克林学院上夜班课。”

“那就是约书亚·罗森布鲁，我认得他的笔迹。”

他又瞄着这张纸和上面的书名。

“他很聪明。”这人说。

“是啊，他很好的。”她答道。

“你能想到吗……”这人话没说完，却转身朝收银柜走去。他有些激动，艾丽丝慢慢跟在他后面。

“那么，你想买这些书？”他的口气似乎有些咄咄逼人。

“没错。”

“约书亚·罗森布鲁？”这人问，“你能想象有个国家想杀了他吗？”

艾丽丝倒退一步，没有说话。

“怎么，你能想象吗？”

“您是什么意思？”她问。

“德国人害死了他所有的亲人，一个不漏全给杀了，但是我们把他弄了出来，我们至少做到了这点，把约书亚·罗森布鲁弄出来了。”

“您是指战时？”

这人没有回答。他走到书店那头，搬了一张小凳子，踩上去拿了本书。他下来后，朝她转过身，愤怒地说。

“你能想象一个国家做那种事吗？丢尽了地球人的脸。”

他冷冷地看着她。

“是在战时吗？”她又问。

“是大屠杀，是大屠杀①。”

“但那是战时吗？”

“是的，是在战时。”这人答道，表情突然柔和起来。

他忙着找那两本书时，看上去无可奈何，又有些固执，等他回到柜台给她做账单时，神情变得冷淡，令人生畏。她把钱递给他，一句话也没问。他包好了书，找了零。她感觉到他想让自己赶紧离开这家店，她也没法再让他多说什么了。

她喜欢把法律书的包装纸拆掉，放在桌上，和笔记本还有会计、簿记的书摆在一起。她翻开第一本书，看了一眼，就发觉很

① 第二个大屠杀，原文为churben，是意第绪语的拉丁文发音，指的是二战期间德国纳粹的种族清洗。

有难度，想到应该再买一本字典来查难字。她一直坐到晚餐时分，才通读了引言部分，看到最后，仍然不明白开头提到的“法理学”是什么东西。

晚饭时，艾丽丝发觉麦克亚当小姐和谢拉·赫弗南都没理睬她。她考虑着要不要问一下帕蒂和戴安娜，明晚能否与她们同去跳舞，或舞会前在某处碰面。她明白自己丝毫不想去，但也知道弗勒德神父会记挂她，因为上周她也没去，这次他一定会问起她的。一起用餐的还有一个姑娘，名叫多洛莉丝·格雷斯，她住的是艾丽丝以前那个房间。她长了一头红发，有雀斑，是卡文郡人[①]，她几乎默不作声，和大家坐在桌边似乎有些不自在。艾丽丝得知她已来了三天，但前两晚自己在上课，便没在用餐时见到她。

晚饭后，她坐下来想看看能否把另两本法律书中的一本看下去，这时有人敲门。是戴安娜和麦克亚当小姐，艾丽丝看到她俩在一块，不禁好奇。她站在门口，没请她们进屋。

“我们想跟你谈谈。”戴安娜小声说。

“什么事？”艾丽丝有点不耐烦地问。

“是多洛莉丝的事，”麦克亚当小姐接话，“她是个清洁工。”

戴安娜失声而笑，不得不掩住嘴巴。

“她给别人打扫屋子，”麦克亚当小姐说，“她在这里给基欧那女人打扫屋子，抵消一部分房租。我们不想让她坐在餐桌上。”

---

① 爱尔兰东北部的一个郡。

戴安娜几乎是尖笑着说："她太可怕了，让人忍无可忍。"

"你们想要我做什么？"艾丽丝问。

"我们大家都拒绝和她一起吃饭，你也不干。基欧那女人会听你的。"麦克亚当小姐说。

"那她在哪里吃饭呢？"

"去大街上吃，我才不管呢。"麦克亚当小姐说。

"我们不要和她在一起，"戴安娜说，"等这话传开了……"

"这房子里住着她这样的人……"麦克亚当小姐接着说。

艾丽丝真想在她们面前关上房门，回去看她的书。

"我们就想让你知道这事。"戴安娜说。

"她是从卡文郡来的清洁工。"麦克亚当小姐说，戴安娜又笑了起来。

"我不知道你在笑什么。"麦克亚当小姐说着转向她。

"哦，老天，对不起，只是这太可怕了，体面人都不会跟我们打交道了。"

艾丽丝看着这两位，仿佛她们是巴尔托奇店里的麻烦客人，而她是福尔蒂尼小姐。她俩都是坐办公室的，她想自己刚来的时候，她们是否也这么说过她，因为她在店里工作。她坚决地在她们面前关上了门。

一早，艾丽丝正从地下室出门，基欧夫人敲了敲窗，让她等一等，接着就出现在大门口。

"你能否帮我个忙。"她问。

"当然了，基欧夫人。"艾丽丝说。母亲教她，如果有人要她帮忙，她就应该这么回答。

“你今晚能带多洛莉丝去舞会吗？她死活都要去。”

艾丽丝犹豫了。她希望自己能预先料到这个问题，准备好答案。

“好的。”她发觉自己点了点头。

“啊，太好了。我让她去做准备。”基欧夫人说。

艾丽丝真想迅速找个借口，可以不去舞会，但她上周已经拿感冒当了借口，而且这次总得露个面，哪怕只是一小会儿。

“我不知道我会待多久。”她说。

“没问题，”基欧夫人说，“这完全没问题。她也不想多待。”

后来艾丽丝下班，走上楼梯，看到多洛莉丝·格雷斯独自在厨房干活，便和她约好十点整来找她。

晚饭时，没有人说起舞会的事，麦克亚当小姐噘着嘴，基欧夫人一开口，她似乎就有气，多洛莉丝一直沉默，艾丽丝从这气氛里推断大约之前已经说了什么。麦克亚当小姐和戴安娜都回避着艾丽丝的目光，艾丽丝明白她们都已知道她将带多洛莉丝去舞会。她只希望她们不会以为是她主动提出要带她前去，心想怎样才能让她们知道自己是受基欧夫人所迫。

艾丽丝十点钟上楼找到多洛莉丝，被她的打扮吓了一跳。她穿着一件廉价的像是男式的皮夹克，镶褶边的白衬衫，白裙，几乎全黑的长筒袜。鲜红的唇膏衬着她满脸雀斑和亮色头发，显得俗不可耐。艾丽丝吃惊地发现她简直就像恩尼斯科西集市上一个马贩的老婆。艾丽丝才看了她一眼，就差点逃下楼去。但她朝多洛莉丝笑了笑，说她得上楼去拿冬天的大衣和帽子。艾丽丝不知道，当麦克亚当小姐和谢拉·赫弗南坐在舞厅的另一头避开她，而帕蒂和戴安娜和她们的朋友一起到来时，自己如何才能坐在多洛莉丝身边。

“有棒小伙来吗？”她们走在街上时，多洛莉丝问道。

“我不知道，”艾丽丝冷冷答道，“我去只因为那是弗勒德神父组织的。”

“啊，天呐，他整晚都在那转悠吗？那一定是非常自在了。”

艾丽丝没有回答，肃然迈步前进，仿佛正与罗丝前往恩尼斯科西大教堂十一点钟的弥撒。凡是多洛莉丝问些什么，她都不动声色地用寥寥几句回答。她想如果她们能一言不发地前往教堂就好了，但她也不能对多洛莉丝视而不见。她们等红绿灯时，她发现这同伴一开口，她就会心火上升，握紧拳头。

她曾想过，她们到舞厅后会去更衣室里存放大衣，并找个位置看跳舞的人，而麦克亚当小姐和谢拉·赫弗南会离她们远远的。但事实恰恰相反，这两位室友离得很近，这倒更摆明了这两位不打算与她们交谈，也不想和她们做伴。艾丽丝看到多洛莉丝目光四下里扫视，凝神蹙眉。

“天呐，这里一个人都没有。”她说。

艾丽丝直视前方，装作没听到。

“我喜欢过一个人，你呢？”多洛莉丝问道，推了推她，“我在想美国小伙子是什么样的。”

艾丽丝面无表情地瞧她一眼。

“我觉得他们不一样。”多洛莉丝又说。

艾丽丝稍稍挪开了一点，以示回应。

“她们都是讨厌的泼妇，另外那几个，”多洛莉丝继续说，“这是那女大佬说的。泼妇。唯一不是泼妇的就是你。”

艾丽丝望着乐队，暗中瞥了一眼麦克亚当小姐和谢拉·赫弗南。麦克亚当小姐触到她的目光，毫不在意地粲然一笑。

帕蒂和戴安娜带来的队伍比上次更庞大，舞厅里所有的人都注意到了他们。帕蒂的头发往后梳成发髻，画了很重的黑色眼线，显得极为严肃，充满戏剧效果。艾丽丝发觉戴安娜假装没看到她。队伍的到来仿佛给了乐师一个信号，他们先前用钢琴和几架低音乐器演奏华尔兹老曲目，现在演奏的叫摇摆爵士，非常流行，这点艾丽丝是从同事那儿听说的。

音乐换了，帕蒂和戴安娜队伍里有几人开始鼓掌欢叫，艾丽丝与帕蒂目光相交，帕蒂朝她打手势，叫她过去。那动作很小，但明白无疑。帕蒂做了手势后，又不耐烦地盯着她看。艾丽丝突然间决定要站起来走到他们队伍中去，自信地朝他们微笑，仿佛他们是老朋友一样。她挺直了背，让自己显得大大方方。

“见到你真好。”她平静地对帕蒂说。

“我想我知道你是什么意思。”帕蒂回答说。

帕蒂说一起去洗手间，艾丽丝点头跟她去了。

“我不知道你坐在那里是什么表情，”她说，“但你看起来并不高兴。”

她指导艾丽丝如何画黑眼线，涂睫毛膏，她们一起站在镜前，无视进进出出的人。帕蒂包里有多余的发卡，就帮艾丽丝弄好了头发。

“现在你看起来像是个参加舞会的人了。”她说。

“不，我不像。”艾丽丝说。

“好吧，至少你看起来不像是刚挤完牛奶过来的。”

“我刚才是那个样子？”

“只是有点像而已。漂亮干净的母牛。”帕蒂说。

最后她们回到大厅时，那地方已经水泄不通，音乐又快又响，许多对男女在跳舞。艾丽丝谨慎地张望和走动。她不知道多洛莉丝是否还坐在刚才她走开的座位上。她不打算回那里，也不想在舞厅里碰到多洛莉丝的视线。她和帕蒂以及她的一群朋友站在一起，其中有个年轻人，抹着厚厚的发油，说话美国腔，隔着音乐向她解说舞步。他没有请她跳舞，似乎更愿意和大家待在一起。他教她跳舞，告诉她如何及时跟上摆调，还不时地瞟几眼他的朋友。摆调节奏加快了，舞池里的舞者也跟上了调子。

艾丽丝渐渐发觉有个小伙子正在瞧着她。他面带暖暖的微笑，对她学舞的样子感兴趣。他并不比她高许多，但貌似很健壮，发泽金黄，眸色碧蓝。他跟着音乐摇晃起来，似乎觉得这事很有趣。他独自一人，她移开视线一会儿，又碰到他的目光，对他的表情略感惊讶，他一直盯着她，却丝毫不为此感到尴尬。她确定他不是帕蒂和戴安娜她们一伙的，他的衣着太过普通，也毫不打扮。乐队再次加快了节奏，每个人都开始欢呼，教她舞步的那人对她说了几句，但她没听清。她朝他转过身，发现他说的是等会儿节奏不这么快时，他们可以共舞一曲。她冲他点头微笑，然后朝帕蒂走去，帕蒂仍然被几个朋友包围着。

音乐停下，有几对舞者分开了，其他人去吧台喝汽水，或留在舞池。艾丽丝看到教她跳舞的男人正与帕蒂跳舞，她突然想到，一定是帕蒂请他对自己多加关照，他这么做只是出于一番好意。戴安娜从她身边擦过，摆明了不想和她说话，而刚才瞧着她的年轻人走来了。

“你和那个教你跳舞的小伙子在一起吗？”他问道。她听出他是美国口音，他的牙齿洁白。

“不是。”她说。

“那么，我能和你跳舞吗？”

“我不确定自己知道舞步。”

“没人确定，不懂装懂就行了。”

音乐响起，他们走到舞者中间。她想，她搭档的这双眼睛对他这张脸来说是太大了，但他冲她微笑时，看起来极为愉悦，眼睛的大小也可以忽略了。他跳得很好，各个动作都不慢，但并没有迫使她要做得好，这点她喜欢。她尽可能仔细地打量起他来，因为她知道，如果她眼神飘忽的话，一定会看到多洛莉丝仍坐在老地方，等她回去。

她与他跳完第一支舞后，音乐停下，他自我介绍说叫托尼，并询问是否可以为她买瓶汽水。她知道这意味着她下一支舞也要与他一起跳，估计到时候多洛莉丝已经回家，或自己找了人跳舞，艾丽丝便同意了。他们经过戴安娜和帕蒂身旁，她看到两人都注意到了托尼，把他从头看到脚。帕蒂做了个动作，像是说他够不上她的标准，而戴安娜干脆移开了视线。

下一支舞曲较慢，艾丽丝担心自己和托尼靠得太近，尽管这难以避免，因为舞池里的人太多。她这才将他看在眼里，觉得他也在努力不要靠得太近，她不知这是因为他善解人意，还是因为他不太喜欢她。一曲终了，她想自己应当向他道谢，并去更衣室拿大衣回家。如果多洛莉丝向基欧夫人抱怨她，她就说自己身体不舒服，得早早离开。

托尼轻松地跟着音乐，没有显摆自己，也没有刻意炫耀她。他们跟着萨克斯管的忧郁慢调，在舞池中转圈，艾丽丝心知没人注意到他们。她感觉到他身上的热度，他张口欲言时，她闻到了他呼吸的香味。她又瞟了他一眼。他胡子刮得很干净，头发也理得很整齐，皮肤看起来很柔软。他发现她在看他时，抿嘴一笑，眼睛显得更大了。到了这支舞曲的最后一段，她觉得是迄今最浪漫的一段，他朝她移近了。他这个动作很有技术，又是慢慢的，她能感到他身上传来的压力与力量，她也移近了，到了最后几分钟，他们几乎抱在一起。

他们为乐队鼓掌时，他没有与她目光接触，但却站在她身边，好像他不得不如此，而且是早已决定似的，他们下一支舞曲也会在一起。周围声音嘈杂，她听不清他说了什么，仿佛是几句友好的评价，于是她点头微笑，以示回应。他兴高采烈，她也心里欢喜。此刻的音乐更为舒缓，调子美妙。她合上眼，让他用脸颊触碰她的脸。两人几乎没有跳舞，只是随着音乐摇摆，与舞池里大多数结对的舞伴一样。

她想知道和自己跳舞的年轻人是谁，是哪里人。他看起来不像爱尔兰人，他外表整洁，态度友善，目光直率。但她无法确定。他毫无帕蒂和戴安娜那群朋友的矫揉姿态，也很难看出他的经济来源。她不知道他们在舞池里搂在一起跳舞时，自己是否有机会问他。

一曲结束，吹萨克斯管的人拿起话筒，用爱尔兰口音说，今晚最精彩的时刻即将到来，其实现在就要开始了，他们要演奏前几周演奏过的舞会调。他们将邀请会跳这种舞步的人来带头，接着他大笑着吹了几声口哨，说希望他们不全是从克莱尔郡来的。他说，他放出信号后，其他人全都要加入进来，然后就与前几周自由舞的场面一样了。

“你是克莱尔郡人吗？”她的同伴问她。

“不是。”

“我第一周就看到你了，但你没等到最后，所以错过了自由舞，上周你也没来。”

“你怎么知道？”

“我找过你，但没找到。”

突然间音乐响起，她看了一眼舞台，发现乐队已经改头换面。两位萨克斯管乐手奏起了班卓琴和手风琴，还有两位小提琴手，加了一位演奏竖式钢琴的女乐手，鼓手还是不变。多名舞者步入大厅中央，满怀自信地表演一种精巧的快速动作，赢得众人目光。不一会儿，大家都过去了，水平都很不错，人群中腾起一片喘息和欢呼。音乐变快了，手风琴乐手领导了所有乐器，舞者们用鞋子在木地板上跺出响亮的声音。

当手风琴乐手宣布他们即将演奏《围攻恩尼斯》时，更多的舞者进入舞池，从固定的舞式变成那男子刚才提到的自由舞。托尼说我们也去跳吧，艾丽丝立刻答应了，虽然她并不知道怎么跳。他们看到一群人相对站成两排，有人用话筒说下一步应该如何做。每排末尾出来一男一女，走到中央，旋转起舞，然后回到原来位置。接着是第二对舞者，直到每个人都走到中间表演了动作。两排舞者两两相对，一排人举起手臂，另一排人从手臂下穿过，然后就对上了一排不同的人。乐曲进行着，喊叫声、笑声和扯着嗓子的指导声越来越响亮激烈。舞池中央，转圈，转身，跺脚，活力四射。到了最后一支舞曲，似乎人人都已学会基本舞步和动作了，艾丽丝发现托尼喜欢这种舞，他竭尽全力地让两人跳出准确的动作，同时也让两人维持相应的节拍。她感觉到他在尽量保持距离。

音乐结束时，他问她住在何处，她说了之后，他说正好在他回家路上。他身上有那么一种感觉，如此纯真、热切而阳光，她几乎失声而笑，答应他送她回家。她对他说，她拿了大衣就到外面找他。她走进更衣室，在排队的人里搜寻多洛莉丝的踪影。

外面天寒地冻，他们相拥着慢慢在街道上走，几乎一句话也不说。快到克林顿街时，他突然停下脚步，转过身对着她。

“你得知道，”他说，“我不是爱尔兰人。”

“你说话口音也不像爱尔兰人。”她说。

“我是说，我根本不是爱尔兰人。”

“完全不是？”她笑道。

“一点儿也不是。”

“那么你是哪里人？”

“布鲁克林人，”他说，“但我爸妈是意大利人。”

“那你为什么……”

“我知道，”他打断话头说，“我听说了这场爱尔兰舞会，就觉得应该来看看，我喜欢这种舞会。”

“意大利人没有舞会吗？”

“我知道你会这么问。”

“我想意大利舞会一定很精彩。”

“哪天晚上我可以带你去，但话要说在前头，他们整个晚上的行为举止都很意大利式。”

“是好还是不好？”

“我不知道，但坏处是，假如我今天去的是意大利舞会，我现在就不会送你回家了。”

他们沉默着，走到了基欧夫人家门口。

“下周我来接你好吗？要不先吃点东西？”

艾丽丝意识到，这个邀请意味着她去跳舞不再需要考虑其他房客的感受了。她想，对基欧夫人而言，这也是个无须陪多洛莉丝的借口。

此后一周，她在巴尔托奇和布鲁克林学院之间来来回回，忘了自己期盼的是什么。有时她真的相信自己在想家，任由家乡的形象在脑海中翻腾，但她猛然一震，不，她心中唯有周五之夜，被一个她见过的男子从家中接走，与他一同去参加舞会，知道他将会送她回到基欧夫人家。她已经不再想家了，只有当写信和收信时，或是从父母、罗丝、弗莱瑞街家的房间、小镇街道出现的梦中醒来时，才会想起。她觉得这很奇怪，仅仅是因为憧憬而激荡的情怀，就让她以为是对家乡的思念。

星期六早晨，早餐之前，在基欧夫人家的餐桌上，艾丽丝甩掉多洛莉丝的事，已经被目睹全程的帕蒂传开了，这意味着大家又都可以和她说话了，其中也包括多洛莉丝，她眼睁睁看着自己被甩，但这是因为艾丽丝遇见了一个男人，这理由也足够充分了。为了得到回报，多洛莉丝只想知道那位男友的情况，比如他叫什么名字，做什么工作，艾丽丝打算何时再与他约会。其他房客也对他盘根究底，她们说，她们觉得他相貌堂堂，虽然麦克亚当小姐认为他还应该再高些，帕蒂不喜欢他的鞋子。所有的人都以为他是爱尔兰人，或是祖籍爱尔兰，她们都恳求艾丽丝说说他的事，他对她说了什么才使她与他跳了第二支舞，她下周五晚是否还去跳舞，是否想在那里见到他。

到了星期四晚上，艾丽丝上楼给自己煮茶，在餐厅碰到了基欧夫人。

“现在在房子里真是撞邪了，”基欧夫人说，“戴安娜的声音真吓人，老天帮帮她吧，如果她再尖叫一次，我就要请医生或者兽医来让她镇静下来了。”

“就是跳舞把她们弄成这样的。”艾丽丝冷冷地说。

“好吧，我要请弗勒德神父来给邪门事做一次布道，”基欧夫人说，“他布道时可能还会提些别的事。”

基欧夫人离开了房间。

星期五晚上八点半，托尼按响了大门门铃，艾丽丝还没来得及从地下室出来，提醒他迫在眉睫的危险，基欧夫人已经开了门。等到艾丽丝走到大门，基欧夫人已经问了托尼好多问题，包括他的全名、地址和职业，这都是托尼后来告诉艾丽丝的。

“她用的就是这个词，”他说，“我的职业。”

他咧嘴一笑，好像这辈子没遇到过这么有趣的事情。

“她是你妈？”他问。

“我说过，我妈在爱尔兰，如果你这么称呼她的话。”

“对，你说过，但那女人看起来像是可以对你指手画脚。”

“她是我的房东夫人。”

“她是一位夫人没错，一位有着一大堆问题的夫人。”

“嗯，随便问问，你全名叫什么？”

“你想知道我告诉你妈的事？”

“她不是我妈。”

“你想知道我的真名？”

“对，我想知道你的真名。”

“我真正的全名是安东尼奥·朱塞佩·菲奥雷洛。”

“我房东问你时，你说的是什么？”

“我对她说，我名字是托尼·麦格拉思。因为有个同事就叫比约·麦格拉思。”

“啊，老天！那你对她说你的职业是什么？”

“我真正的职业？”

“如果你不好好回答我……”

“我告诉她我是个水管工，因为我就是。”

“托尼？”

“嗯？”

“如果我以后答应你来找我的话，你就悄悄地到地下室门口来。”

“对别人什么都不说？”

“正确。”

“没问题。”

他带她去了家餐厅，一起用了晚餐，然后去舞厅。她对他说了自己的室友和在巴尔托奇的工作。他也告诉她，他是四个兄弟中最年长的，现在仍与父母住在本森赫斯特①的家中。

“我妈叫我不要多笑，也不要讲笑话，”他说，“她说爱尔兰姑娘和意大利姑娘不一样，她们都很严肃。”

“你对你妈说了你在跟我约会？”

“没，不过我弟弟猜到了我在和一个姑娘约会，他对我妈说

① 本森赫斯特是布鲁克林西南部一个多种族移民混居的社区，以意大利裔移民居多，有“小意大利”之称。

了。我想他们都在揣测。我觉得是我脸上一直挂着笑的缘故。我只得告诉他们，是一位爱尔兰姑娘，免得他们以为可能是认识的人家。”

艾丽丝并不了解他。当晚他送她回家，她只知道自己喜欢和他近距离地跳舞，他是个风趣的人。不过，如果他跟她说的那些不是真事，她也不会诧异。她知道他讲的笑话多数是编排出来的，而此后她细细品味他的话，发现其实每一句都是凭空编造。

房子里大家都在讨论她那水管工男友的事。基欧夫人一离开房间，帕蒂和戴安娜就问为什么她们的朋友从未见过他，她告诉她们，托尼是意大利人，不是爱尔兰人。她曾经下定决心，不在舞会上把他介绍给她们，如今后悔了，话匣一打开，她就把他的事竹筒倒豆子全说了出来。

“我希望以后舞厅里不会到处都是意大利人。”麦克亚当小姐说。

“什么意思？”艾丽丝问。

“现在他们都知道能得到什么了。”

其他人沉默了片刻。这时是星期五的晚餐之后，艾丽丝盼望不久前走开的基欧夫人能回来。

“能得到什么？”她问。

“他们都会这么干的，看来，”麦克亚当小姐打了个响指，“别的话我就不说了。”

“我觉得我们应该对舞厅里那些不认识的男人谨慎些。”谢拉·赫弗南说。

“谢拉，也许我们可以减少一些没有舞伴只能坐墙角的人，”艾丽丝说，“也减少一些她们脸上酸溜溜的表情。”

谢拉·赫弗南立刻离开房间，戴安娜开始尖声大笑。

突然间基欧夫人来到厨房。

“戴安娜，如果我再听到你尖叫，”她说，“我会叫消防队员来给你浇冷水。有人冒犯赫弗南小姐了吗？”

“我们在这里给艾丽丝出主意，就是这样，”麦克亚当小姐说，“要提防陌生人。”

“哦，我觉得他人不错，来接她的那个人，”基欧夫人说，“有良好的老派爱尔兰作风。我们不要在这房子里讨论他了。麦克亚当小姐，你听见了吗？”

“我只是说……”

“你就是不肯自管自，麦克亚当小姐。我发现北爱尔兰的人身上有这种特性。”

戴安娜又尖笑起来，但立刻用手捂住了嘴，装出一脸不好意思。

“在这桌上，我不要再听到你们谈论男人了，”基欧夫人说，“除了要对你说，戴安娜，得到你的男人最好能治治你。生活给你的沉重打击，将会悲惨地结束你脸上的傻笑。”

她们一个个溜出了厨房，只剩下基欧夫人和多洛莉丝。

托尼问艾丽丝是否愿意在周三或周四晚上与他去看电影。她有一件事没跟他提，那就是她在布鲁克林学院上课。他没问过她每天晚上都做什么，她则刻意地保守这个秘密，作为和他保持距离的一种手段。她喜欢每周五晚上他来基欧夫人家接她，也盼望和他在一起，特别是在舞会前的饭馆中。他说起棒球、兄弟们、工作和布鲁克林的生活，眉飞色舞，趣味盎然。他很快就知道了她室友和她老板的名字，时不时地提到他们，他的说法总是令她大笑不已。

“你为什么不告诉我大学的事？”跳舞之前，他们坐在饭馆里，他问道。

“你没问啊。”

“我可是什么事都跟你说了。”他耸了耸肩，装出不高兴的样子。

“没有秘密了？”

“我可以编造出几个来，但听上去就不靠谱。”

“基欧夫人相信你是爱尔兰人。据我所知，你大概是蒂伯雷里镇人吧，其他都是编出来的。我怎么会在爱尔兰人舞会碰到你？”

“好吧，我确实有个秘密。”

“我知道。你是布雷镇人。”

“什么？那是什么地方？”

“你的秘密是什么？”

“你想知道我为何去爱尔兰人舞会？”

“没错。我问你，你为什么要去参加爱尔兰人舞会？”

“因为我喜欢爱尔兰姑娘。”

“随便哪个都喜欢吗？”

“不，我喜欢你。”

“好吧，但如果我不在那里呢？你会跟另一位搭讪吗？”

“不，如果你不在那儿，我会带着悲伤的神情低头走回家。”

她向他解释说，因为她思乡心切，弗勒德神父帮她报了课程，可以让她有点事干，如今上夜课让她很开心，像刚离家那会儿一样心情仍然愉快。

“我没有让你开心吗？”他一本正经地看着她。

“不，你让我开心的。”她回答道。

若是他问她更多问题，她觉得自己就会说交浅言深了。于是她对他说了自己的课业、同学、簿记、会计以及法律老师罗森布鲁先生。她说到课程相当艰深时，他拧起眉头，似乎有些担心。接着她说到去曼哈顿买法律书那天，那个书店老板说的话，他彻底沉默了。他们的咖啡端上来时，他仍然一言不发，只是搅拌着糖，悲伤地点点头。她之前没见过他这副模样，她在灯光下细细打量他的面容，寻思着要过多久他才会恢复常态，绽开笑容，笑声朗朗。但直到他叫服务员来结账，仍然表情沉重，离开饭馆时也没说话。

后来舞蹈音乐缓下来时，他们靠近了跳舞，她抬眼触到了他的眼神。他脸上还是一派严峻，不像以往那么滑稽和孩子气。即使他朝她微笑时，那样子也不好笑。这笑容温暖而真诚，她想到，他老成持重，几乎已是成熟的男人了，无论此刻发生什么，他都是认真的。她也朝他笑了一下，然后垂下视线，合上眼睛。她有些害怕。

当晚他做好安排，下周四去大学接她，送她回家。但他没有做出其他许诺。他说，他不想妨碍她学习。下星期，他约她在周六一起去看电影，她答应了，因为除了多洛莉丝之外的所有房客，以及商店里的几个姑娘都去看了公映的《雨中曲》。就连基欧夫人也说她要和两个朋友去看这片子，于是这成了餐桌上的一大热门话题。

不久便形成了这样一种做法，每星期四，托尼站在大学外面，雨天则小心翼翼地待在厅堂里，他会一直陪她上电车，送她回家。他总是一派欢喜，讲着别后以来，那些雇用他的人的故事，这些人因为年龄、国籍不同，在解释他们的水管问题时，便有不同的腔调。他说，有些人很大方，付小费时出手阔绰，经常给他太多的钱，还有一些人，甚至是那些用垃圾堵塞了下水道的人，却为了账单而争执。他说，布鲁克林所有建筑物的老板都小气，而当意大利老板发现他也是意大利人时，他们就更小气了。他遗憾地告诉她，爱尔兰老板无论何时都吝啬小气。

“他们是真的小气。吝啬得要命，那些爱尔兰人。”他说着朝她粲然一笑。

每星期六他带她去看电影。他们经常乘地铁去曼哈顿看刚刚上映的片子。第一次约会，他们排队去看《雨中曲》，电影开始，电影院暗下来那刻，她感到害怕。她喜欢和托尼跳舞，在慢步舞中，他们缓缓地彼此靠近。她也喜欢和他一起回家，一直走到基欧夫人家附近，他吻她，但不会走到门前。他从未让她觉得，她应该推开他的手，或是从他身边走开，一次都没有过。而如今第一次看电影，她却认为他们之间有些东西需要改变。排队时，她差点就要提起此事了，不要在黑暗中有令人不快的事发生。她想用尽可能平淡的语气对他说，她想要真正地看场电影，而不是花上两个小时在影院里耳鬓厮磨和亲吻。

他买票进影院后，也会买爆米花，令她意外的是，他并没有让她去坐后排位置，而是随她高兴，而且似乎喜欢坐在中间，那里视野最好。看电影时，他用胳膊环着她，有几次对她小声耳语，但也就仅此而已了。之后他们等地铁时，他心情愉快，非常喜欢那部电影，这使她对他柔情顿生，觉得自己从未见过他不好的一面。后来，他们定期去看电影，她发现只要有悲伤的片子或是令人不安的镜头，都会使他之后变得沉默而阴郁，将自己关入沮丧的梦中，需要一段时间才能让他走出来。同样，如果她对他说伤心事，他的神情就变了，不再说笑话，而是思考她说的事。他不喜欢她认识的每一个人。

她给罗丝写信说他的事，把信寄到她公司，但给母亲和哥哥们的信中并没提到他。她尽力向罗丝描述他，他是多么体贴。她又说因为还在读书，没有时间去见他朋友和家人，虽然他已邀请她去家里和他父母兄弟吃饭。

罗丝在回信中问他是干什么的。这点艾丽丝故意没在信中提及，因为她知道罗丝希望她和坐办公室的男人谈恋爱，在银行或是保险公司工作的。她回信时，有一段隐约提到他是个管道工，她明白罗丝会注意并捕捉到这个信息。

很快到了周五晚上，他们一起去跳舞，严寒暂时消退，两人心情都很愉快。托尼说到了夏季，他们也许会去科尼岛[1]，这时遇到了弗勒德神父，他看起来也心情愉快。但艾丽丝觉得有一丝古怪，他和他们说了很久的话，坚持邀请他们和他一起去喝汽水，她认为罗丝已经给弗勒德神父写了信，他就是来帮她看看托尼是什么样的。

艾丽丝几乎要为托尼随性而优雅的举止感到骄傲了，他自如地回应着神父，更好的是，他的态度彬彬有礼，让神父有说话的空间，话语间毫无破绽。她知道在罗丝心里会有个管道工的形象以及他说话的样子。她会以为他是个使用破榔头的粗笨之徒。艾丽丝决定给她写信，说他不是那样的，在布鲁克林要通过对方的工作来猜度性格，可没在恩尼斯科西那么容易。

她在一旁看着，托尼和弗勒德神父聊起了棒球，托尼说得兴起，忘了自己正在与一位神父谈话，说到他们都看过的比赛时，托尼诙谐友好又略带激动地打断了神父，说他绝不能原谅那位选手。他们过了一会儿才意识到她在身边，于是达成共识，赛季一开始，就带她去看棒球赛，她之前声明过自己是道奇队的球迷。

罗丝回信中提到，她听弗勒德神父说他喜欢托尼，此人是谦谦君子，但她仍然为艾丽丝在布鲁克林的第一年就单独与他约会而担忧。艾丽丝还没说自己每周有三晚与托尼约会，因为还要上

---

① 科尼岛，位于美国纽约市布鲁克林区的半岛，其面向大西洋的海滩是美国知名的休闲娱乐区域。

课，她就没时间干别的了。比如说，她从不与其他房客一起出门，但这对她而言是减轻了一大负担。但在餐桌上她总是有话可说，因为每场新片上映她都去看。大家习惯了她与托尼约会之后，就不再出谋划策，指指点点了。她把罗丝的信读了几遍后，希望罗丝也会如此。她对自己在第一时间把托尼的事告诉罗丝，有些后悔了。给母亲的信中，她依然绝口不提托尼。

工作中，她发现有几个姑娘走了，或是悄无声息地被替岗了，余下的同事包括她自己，都是经验丰富，在营业区深获信任的。她每周有两三天的午休时间与福尔蒂尼小姐待在一起，她觉得她睿智幽默。艾丽丝说了托尼，福尔蒂尼小姐叹气说，她也有个意大利男友，但他一无是处，只会惹麻烦，棒球赛季开始后，他会更胡来的，只想跟朋友喝酒，讨论比赛，周围不能有女人。艾丽丝告诉她，托尼邀她同去观看比赛，福尔蒂尼小姐叹了口气，又笑了起来。

“没错，乔瓦尼也带我去过，但比赛时他唯一一次和我说话，是叫我去给他和他朋友买热狗。我问了一句他们是否要在热狗上涂芥末，他就差点把我鼻子打下来。我分散他注意力了。”

艾丽丝描述了托尼的情况，福尔蒂尼小姐对他很感兴趣。

“接着说。他从不带你和他朋友喝酒，然后把你抛在女人堆里？”

“从来没有过。”

“他没有除了说他母亲如何伟大，就说自己的事情？”

“没有。”

“亲爱的，那你要抓牢他。不会有第二个了。爱尔兰或许有，但这里没有。”

她们都笑了。

“那么，他最大的缺点是什么呢？”福尔蒂尼小姐问。

艾丽丝想了一会儿。

“我希望他能再高两英寸。”

“别的呢？”

艾丽丝又想了想。

“没有了。”

考试日期公布后，艾丽丝请了一周的工假，对学业忧心忡忡。考试前六周，她周六晚上没和托尼去看电影，而是待在屋子里温习笔记，苦读法律教材，努力记住绝大多数重要的商业法案例名称和判决方式。为了补偿，她许诺说考试结束后就随托尼去见他父母兄弟，在他们本森赫斯特七十二街的家中一起吃饭。托尼说，他希望能弄到道奇队比赛的票子，带她和兄弟们一起去看。

“你知道我心里想的是什么吗？”他问，“我想要我们的孩子都成为道奇队的球迷。”

她觉得他很是为这个想法欢欣鼓舞，但他没有发觉她脸色顿时僵了，她迫不及待地想要离开，自个儿去想想他到底说了什么。后来她躺在床上思考此事，意识到这与其他一切莫不合拍。最近，他做了暑期计划，他们会有很多时间共处。也是最近，他吻过她之后，说他爱她，她心知他等着一个回应，但她至今未给。

如今她明白，他是想与她结婚，她会和他有孩子，孩子们会成为道奇队球迷。她觉得这太荒谬了，她都没法告诉别人，罗丝当然不能讲，福尔蒂尼小姐大概也不能讲。但他不是突发奇想的，他们已经约会了五个月，从未有过争执和误解，只除了这次，他要娶她的念头就是一个巨大的误解。

他体贴周到，幽默风趣，相貌英俊。她也知道他喜欢她，不仅是因为他说他爱她，而是因为他对她说话和听她说话的样子。一切都顺理成章，考试后，他们将有一个漫长的暑假值得期待。有几次在舞厅，甚至在大街上，她看到了一个对她有吸引力的男人，但每次这种感觉都转瞬即逝。再度与其他姑娘一起坐在墙角的念头让她害怕。但她知道，托尼的步调比她快许多，她得让他慢慢来，但却不知该如何做才能不引起他的反感。

接下来的周五晚上，他们相拥从舞厅回来，他再次对她低声说他爱她。她没有说话，他便吻她，又说了一遍。她出乎意料地推开了他。他问怎么啦，她不说话。他说他爱她，以及他的期待吓坏了她，让她觉得自己不得不接受这点：这是她将来唯一的生活之路，离家万里的生活。他们默默无言走到基欧夫人家，她颇有些正式地感谢他今晚的陪伴，避开他的目光，道了晚安就进去了。

她知道自己做错了，在下周四见到她之前，他会受到折磨。她想他是否会在周六来找她，但他没来。她想不出任何好理由告诉他，她希望和他少见面。她想，也许她该告诉他，他们才认识不久，还不用谈到孩子。但她觉得他会问她，她对他是否认真，她将无言以对。而假如她不够积极，她就会失去他的。他不是那种人，在不确定女友有多么喜欢他时，还想要这个女友。她对他的了解足以使她明白这点。

周四，她走出教室，下了楼梯便看到了他，但他没发现她，学生太多了。她停下脚步，觉得自己仍然不知该对他说什么。她小心翼翼地重上楼梯，发现如果在二楼的楼梯平台上，就能俯视他。她想，如果能在他没有试图逗她开心、引她注意时，好好把他看清楚，也许她就会有主意了，会有新的认识，或是有做出决定的能力。

她找到了一个角度，除非他望向头顶左侧，否则是看不见她的。她觉得他不会看到她的方位，因为他似乎正关注着大厅里熙熙攘攘的学生。她俯视着他，他面无笑容，但不知怎的貌似很是自在而好奇。他站在那里，有种无助感。她感觉到他想要快乐的心，他的迫切之情，都使他莫名的脆弱。她往下看时，想到了一个词：开心。他因某事而开心了，正如他因为她而开心了，他什么都没做，而这点一目了然。但这种开心却伴随着阴影，她看着他想，带着不确定和距离感的她，是否正是这个阴影。她意识到，他确然如此，他已经赤裸裸地呈现在她面前。她突然害怕得颤抖起来，转身用最快的速度下了楼梯，去到他身边。

他对她说了他工作中的一个故事，有两个犹太姐妹请他吃饭，为他做了一顿丰盛的晚餐，因为他修好了她们的热水，虽然当时才下午三点。他模仿了她们的声音。虽然他说得仿佛上周五晚上他们之间什么都没发生，但艾丽丝知道他飞快的语速和搞笑的语气，以及一边走向电车一边不停地讲故事的做法，不是惯常周四夜晚的风格，倒多半是在假装曾经没有问题，现在也没问题。

快到那条街时，她朝他转过身。

“我有话要跟你说。”

“我知道。”

“你还记得你说你爱我？”

他点头，表情悲伤。

“好，我其实不知道该说什么。我也许应该说，我想你，也喜欢你，盼着见你，我在乎你，可能也爱你。下次如果你告诉我你爱我，我会……”

她顿住了。

“你会怎样？”

“我会说我也爱你。”

“你确定？”

“是的。”

“操！抱歉说粗话了，不过我刚才还以为你是在告诉我，你不想再见到我了。”

她站在他身边盯着他。她在发抖。

“你看起来不像说真的。”他说。

“我是说真的。”

“好吧，那你为什么面无笑容。”

她迟疑了一下，淡淡一笑。

“我能回家了吗？”

“不行，我要蹦几下，我能这么做吗？”

“悄悄地。”她说着大笑起来。

他跳起来挥动双手。

“我们说清楚吧，”他走到她身边又道，“你爱我？”

“是的。不过别问我其他的事，也别提生孩子让他们成为道奇球迷什么的。”

“什么？你想要孩子支持扬基队？还是巨人队？”

他乐开了怀。

“托尼？”

“什么？”

“不要逼我。”

他吻她，在她耳畔低语。他们走到基欧夫人家门口，他又吻她，直到她说到此为止吧，否则就要引来观众了。明晚她得学习，不能参加舞会，但她答应和他见面，哪怕只在街角散步。

考试比她想象的容易，连法律试卷的题目也很简单，只需要最基础的知识。考试结束后，她松了口气，但也知道如今她别无借口了，托尼正在做计划呢。他的第一步就是确定日期，请她去父母家用晚餐。这使她感到焦虑，觉得他已经和他们说过不少关于她的事，她现在明白，她要去被他们过目，但身份不仅仅是女友。

那天傍晚，他一脸轻松地来接她。天还亮着，风带着暖意，孩子们在街上玩，大人们坐在门廊上。这幅场景在冬天很可贵，走在路上，艾丽丝感到惬意而快活。

“我把话先说在前头，”托尼说，“我有个小弟弟叫弗兰克，他很会装大人。他人很好，但一见到我女朋友就会不停地对她说话。他的嘴巴太大了。我试过给他钱，叫他去和朋友打球，我爸放过狠话，可他说我们谁也阻止不了他。他几时把话说完了，你就会喜欢他的。”

“他会说什么?”

“这我们也不知道，他什么都会说。”

“他好像很人来疯。”她说。

“啊，没错，还有一件事。”

“别告诉我，你还有个坐在墙角的老奶奶，也喜欢说话。”

“不是，她在意大利。我要说的是，他们都是意大利人，看起来也像意大利人。他们长得很黑，只有我除外。”

“他们怎么生出你来的?”

“我妈的爸爸跟我很像，至少传闻如此，但我从没见过他，我爸也从没见过他，我妈则是记不清了，因为他在一战中被杀死了。”

“你爸是不是认为……”她笑了起来。

“我妈要疯了，不过我爸并不是真的这么想，只是有时候我做出趣事来，他才会说我是不是从别人家里来的。这是玩笑话。”

他家住在一幢三层楼房的二楼。艾丽丝诧异地发现托尼的父母看起来都很年轻。他的三个兄弟出来时，正如他所言，个个都是黑发和深棕色的眸子。两个大弟弟比托尼高许多。弗兰克自我介绍说是最小的弟弟。她觉得他的发色漆黑漆黑的，眼睛也是。

另两位也介绍给她了，分别是劳伦斯和莫里斯。

她立刻明白不能评论托尼和其家人之间的不同之处，因为她想到无论是谁，一进公寓，看到大伙儿站在一块儿，就有很多话说。她装作自己什么都没注意到。她起初以为厨房是进门的房间，后面还有起居室和餐厅，但不久就知道，一扇门是通向小伙子们的卧室，另一扇门通向卫生间，没有其他房间了。厨房里的小餐桌是七人座的。她以为小伙子们的卧室后面，还有父母的卧室，但弗兰克一开口就告诉她，他们父母每晚都睡在厨房角落的床上，他指给她看，就靠着那头的墙，上面盖得严严实实。

“弗兰克，你不说话没人把你当哑巴。”托尼说。

屋子里一股食物和调味品的香味。两个大弟弟琢磨着她，一语不发，露出腼腆之色。她觉得这两人都像电影明星。

“我们不喜欢爱尔兰人。”弗兰克突然说。

“弗兰克！”他母亲从炉边走来。

“妈，我们就是不喜欢嘛。我们早就清楚了。一伙爱尔兰人打了莫里西奥，他都得去缝针了。警察也是爱尔兰人，所以他们撒手不管。”

“弗兰切斯科，闭嘴。”母亲说。

“问他吧。”弗兰克对艾丽丝说着，指了指莫里斯。

“他们不全是爱尔兰人。”莫里斯说。

“他们长着红发和粗腿。”弗兰克说。

“别理他，”莫里斯说，“只是其中几个人这样罢了。”

弗兰克的父亲叫他跟他去门廊，片刻之后他们回来了，弗兰克消停了，这把哥哥们都逗乐了。

弗兰克坐在她对面，上菜倒酒时都挺文静，艾丽丝觉得不好意思，刚才她也看出他与托尼很像，一旦情绪消沉，整个人都变了。上周末，戴安娜教了艾丽丝如何正确地只用叉子吃意大利面，但这回上来的面没戴安娜做的那么细滑，沙司差不多也是红色，但还加了不少她从未尝过的调料。她觉得透着甜味。每尝一口，她就得把它留在口中，寻思里面放了什么配料。她努力地学大家的样，只用叉子吃面，她想其他人都习惯吃这种饭了，会不会是特意不盯着她看，也特意不做出任何评价呢。

托尼的母亲有浓重的意大利口音，不时开口说几句，问艾丽丝考试的事，问她是否还要在大学里学一年。她解释说，这是两年制的学业，学成后就是簿记员，会去当白领，而不是营业员。艾丽丝和托尼的母亲谈论这个时，男孩们都没说话，闷头吃饭。艾丽丝朝弗兰克递眼色，想冲他笑一笑，但他没有反应。她瞥了托尼一眼，但托尼也低着头。她真想跑出房间，奔下楼梯，穿过街道，坐上地铁回到自己的屋子，把门一关，与世隔绝。

主餐是块包了一层薄衣的煎肉。艾丽丝尝了一口，吃出薄衣里面有奶酪和火腿。她不知道这算什么肉。那层薄衣口感松脆，放足了调料，她每吃一口，都想不出里面放的是什么。没有蔬菜和土豆做辅料，但戴安娜说过意大利人就是这样，所以艾丽丝毫不惊讶。她对托尼母亲说这很好吃，尽量不表露出这味道很怪。这时候响起了敲门声，托尼父亲去应门，回来时摇头大笑，“安东尼奥，有人找你。十八号人家的水管堵了。”

“爸，现在正吃饭呢。”托尼说。

“是布鲁诺夫人，我们喜欢她。”他父亲说。

“我不喜欢她。”弗兰克说。

“弗兰切斯科，闭嘴。”他父亲说。

托尼起身把椅子往后一推。

“带上你的大衣和工具。”他母亲说，这句话她说得仿佛很艰难。

“不会耽搁太久的，”他对艾丽丝说，“如果他说了什么，回头告诉我。”

他指了指弗兰克，弗兰克大笑起来。

“托尼是管道工。”莫里斯解释道，自从他当了修理工，凡是小汽车啊，卡车啊，摩托车需要修理，他们都会叫他，而劳伦斯马上就要拿到木匠执照了，如果大家桌椅坏了，就会叫他。

“但小弗兰克是家里的头脑，他要去上大学的。”

“只要他能学会闭嘴。”劳伦斯说。

“那些打了莫里西奥的爱尔兰人，”弗兰克说，好像压根没听他们在讲什么，“他们搬到长岛去了。”

“听到这个真高兴。”艾丽丝说。

“在那里，他们都有大别墅，有自己的一间屋，不用和兄弟挤在一个房间里睡觉。”

“你不喜欢那样吗？”艾丽丝问。

“不喜欢，”他说，“或者偶尔喜欢一下。”

艾丽丝发现，他说话时，所有的人都望着他。从他们的表情中，她认为他们和她想法一样，弗兰克是她见过的最漂亮的小伙子。她不得不让自己少看他几眼，她等着托尼回来。

托尼不在，他们决定先上甜点了。艾丽丝觉得这是一种蛋糕，里面注满了奶油，然后在某种酒里蘸过。接着，她看着托尼父亲旋开一个机器，往里加入水和几匙咖啡，她觉得她对其他房客们大有话可说了。咖啡杯小巧玲珑，端上来的咖啡又浓又苦，尽管她加了一匙糖。虽然不喜欢，但她尽量喝了下去，而其他人似乎不觉得这咖啡有何不妥。

渐渐的，谈话轻松起来，但她仍然觉得自己像在演戏，她说的每个字大家都在认真倾听。他们问到她家庭时，她只是寥寥几句，但又担心他们也许会以为她有所隐瞒。她每次一开口，就看到弗兰克盯着她，听得全神贯注，像是要把一切都记下来。饭吃完后，托尼还没回来，劳伦斯和莫里斯说他们去把他从布鲁诺和她女儿的魔爪里弄回来。托尼的父母不让艾丽丝帮他们清理餐桌，对托尼的缺席似乎感到尴尬。

“我以为他一会儿就回来的，”他母亲说，“问题一定很严重，很难拒绝别人的。”

托尼父母离开餐桌后，弗兰克招手让她过去。

“他带你去过科尼岛吗？”他小声问。

“没有。”她小声回答。

“他带他上一任女友去过，他们玩了摩天轮，她把热狗吐了自己一身，还骂了他，后来再也不跟他出去了。他一个月没说话。”

“是吗？”

“弗兰切斯科，站起来，出去，”他父亲说，“要么去做功课。他说了什么？”

“他告诉我科尼岛夏天很美丽。”艾丽丝说。

“他说得不错，是这样的，”他父亲说，“托尼没带你去过？”

“没有。”

“我希望他会带你去，”他说，“你会喜欢那里的。”

她察觉他脸上露出一个微笑。

她想，弗兰克刚才就好奇地看她会对他父亲说什么。他父亲转过身时，她朝弗兰克扮了个鬼脸，他诧异地瞪着她，也冲她扮鬼脸，然后离开了房间。这时候托尼穿着大衣和两个弟弟一起回来了。他放下工具，举着双手，他们都一身邋遢样。

“我是圣人。”他说着粲然一笑。

艾丽丝告诉福尔蒂尼小姐，托尼将要在某个周日带她去科尼岛海滩，而现在天气也正宜人。福尔蒂尼小姐吃了一惊。

“我想你没留意过自己的体型吧？”她说。

“嗯，我知道，”艾丽丝说，“我连泳衣都没有。”

“意大利男人！”福尔蒂尼小姐说，“他们在冬天一点也不在乎，但到了夏天，到了海滩，你得把自己最好看的一面拿出来。我那男友只有等到自己晒成棕褐色，才会去海滩。”

福尔蒂尼小姐说她有个朋友在另一家商场工作，那里卖的泳衣不错，比巴尔托奇的质量好多了，她会去拿几件来让艾丽丝试试。同时她建议艾丽丝要开始关注自己的体型，而艾丽丝说她觉得托尼不会太过于关心晒黑和她海滩形象的问题，但福尔蒂尼小姐却打断她说，每个意大利人都会在意女友的海滩形象，无论她在其他方面是多么完美。

“在爱尔兰没人看的，”艾丽丝说，“否则就是作风不端了。”

“在意大利不看才是作风不端。”

周末前的某天早晨，福尔蒂尼小姐来找艾丽丝，说泳衣下午就到，艾丽丝下班后可去试衣间试穿。到了下班时，店里忙得不可开交，艾丽丝差点忘了这事，直到她发现福尔蒂尼小姐拿着包裹在她周围徘徊。等到大家都离开了，福尔蒂尼小姐告知保安，她们还要多待一会，她会负责关灯，然后从边门出去。

第一件泳衣是黑色的，似乎正合身。艾丽丝拉开帘子，走出隔间，让福尔蒂尼小姐看。福尔蒂尼小姐好像不大肯定，她仔细地打量，一手掩着嘴，仿佛这样能让她更集中注意力，而得出的结论是非常重要的。她绕着艾丽丝走了一圈，看背后是否服帖，又凑近把手伸到很紧的皮筋底下，皮筋的功能是把泳衣固定在艾丽丝的大腿上端。她拉了拉皮筋，拍了两下艾丽丝的屁股，手又停在那里不动。

“亲爱的，你得锻炼一下体型了。”她边说边去包裹里拿了第二件泳衣，是绿色的。

“我觉得黑色的太严肃了，”她说，“如果你皮肤不这么白，或许不错。试试这件吧。”

艾丽丝又拉上帘子，换上了绿色的泳衣。她听到头顶的灯嗡嗡响，但周围一片沉寂，店里也没有人，她再次出现在福尔蒂尼小姐面前，后者的目光专注而锐利。福尔蒂尼小姐一言不发地跪在她面前，又将手指探入皮筋。

“你这里得刮一刮，”她说，“否则你在沙滩上老是得把皮筋往下拉，你有剃刀吗？”

“只有刮腿毛的。”艾丽丝说。

“好吧，我给你一把，可以刮这里的。”

她仍然跪着，让艾丽丝转过身，艾丽丝在镜中看到自己，身后是福尔蒂尼小姐，手指在皮筋下面摸来摸去，视线盯着眼前的东西。艾丽丝觉得福尔蒂尼小姐显然知道自己能在镜中被看见，福尔蒂尼小姐站起来面对她时，她脸都红了。

“我觉得这个肩带不对。”她说着指示艾丽丝弯起胳膊把带子松下来。于是前半身的泳衣脱下来了，胸部露了出来，她举起泳衣掩住。

“这件还不对吗？”她问。

“不对，试试其他的，”福尔蒂尼小姐说，“到这里来试试这件。”

她像是让艾丽丝别再去帘子后，直接在她的注视下，在椅子旁换泳衣。艾丽丝迟疑了。

“快点。”福尔蒂尼小姐说。

艾丽丝用一条胳膊挡在胸前，面朝福尔蒂尼小姐，弯腰脱下泳衣，这样感觉还不算太暴露。她伸手去拿泳衣，但福尔蒂尼小姐已经拿了起来，又拿了另一件她没穿过的，举着细瞧。

“我大概应该到帘子后面去，”艾丽丝说，“万一有保安过来。”

她拿了两件泳衣，带进小隔间，拉上了帘子。她觉得福尔蒂尼小姐一直在仔细地观察着她。她盼望能选定一件泳衣，让这事赶快结束，福尔蒂尼小姐也不要再提刮毛的事。

她又换上一条浅粉红色的泳衣，拉开帘子走出去。福尔蒂尼小姐表情十分严峻，她盯看艾丽丝的样子，让艾丽丝突然觉得这事她永远没法对人提起。

她双手贴在腰侧站着，福尔蒂尼小姐说这颜色似乎太扎眼，款式也太老式了。她又走了一圈，摸了摸艾丽丝大腿根部的皮筋，摸到艾丽丝的臀部，拍了一下，手还放在那里。

“再试一件。”她说着站到了布帘那里，艾丽丝没法拉帘子了。她尽可能快地脱掉泳衣，匆忙换上最后一件，笨手笨脚地一条腿穿错了地方。她不得不弯腰把泳衣举起来，用两只手找准穿进去的位置。从没有人这样看过她的裸体，她不知道自己的乳房看起来是什么样，乳头的大小、乳晕的颜色是否正常。先前她因尴尬而一头大汗，现在又觉得冷。泳衣穿好后，她松了口气，站直了身体迎接福尔蒂尼小姐的审视。

艾丽丝不觉得这些泳衣有什么不同，她只是不想要黑色的和粉色的，其余几件都适合她，颜色也不极端，随便挑哪件她都高兴。福尔蒂尼小姐让她再试穿一遍，然后再做决定，但艾丽丝拒绝了，说无论哪件都好。福尔蒂尼小姐说，明天一早她会把所有泳衣都送回附近那家店里的她朋友那里，并附上便笺，午餐时间艾丽丝自己去拿那件她看中的。福尔蒂尼小姐说，她朋友一定能给艾丽丝优惠。艾丽丝穿好衣服后，福尔蒂尼小姐关了店里的灯，她们一起从边门离开了。

艾丽丝想少进食，但这不容易，因为饿着就睡不着觉。她在浴室里对着镜子瞧，总也不觉得自己胖，换上那条她选的泳衣，她更担心的是自己的皮肤苍白。

一天傍晚，她下班回来，发现厨房的边桌上有一封她的信。是布鲁克林学院的官方文件，告知她已经通过了第一学年所有科目的考试，如果想知道具体成绩，可以联系他们。信上说，他们希望第二学年九月她能回去继续念书，还写明了报到日期。

这是一个美丽的傍晚。她觉得自己可以不吃晚饭，走到教堂去把信给弗勒德神父看。她给基欧夫人留了张便条，便出门了。她开始发现，周遭的一切是这般美丽，树上的叶子，街上的人，玩耍的孩童，房子里的灯光。她在布鲁克林从未有过这种感受。她意识到，这封信鼓舞了她的士气，赋予她一种新的自由，这是她未曾料到的。她希望弗勒德神父在家，她能把信给他看，明晚她和托尼有约会，也要给托尼看，最后写信告诉家里。再过一年，她就是合格的簿记员了，能去找一份更好的工作。未来一年，天气会热得让人无法忍受，随后热度消退，树叶落尽，冬天又来到布鲁克林。这一切会消融在春天和初夏的光阴中，下班后悠长而灿烂的傍晚，到那时她会再收到一封布鲁克林学院的信。

她怀着对明年的憧憬走着，想起了托尼的微笑，他关注的目光，他有趣的故事，抱着她时停留的那个街角，吻她时甜蜜的呼吸，他对她无比专注的感觉，拥住她的胳膊，探入她嘴的舌。她想，这一切她都拥有，如今加上这封信，她刚来布鲁克林时都没想到能得到这许多。她不得不克制自己的笑容，以免街上的人以为她疯了。

弗勒德拿着一沓报纸来开门。他把她让进前屋的会客室。读信时他看起来忧心忡忡，他一脸严肃地把信交还给她。

“你很出色，”他严肃地说道，“我只能这么说了。”

她笑了笑。

“来这儿的大多数人都是不请自来，不是有需求，就是出了问题，”他说，“几乎听不到单一的好消息。”

“我存了些钱，”艾丽丝说，“第二学年的学费我自己交，只要找到工作，我就还你第一学年的学费。”

“是我一个教民付的钱，”弗勒德神父说，“他想为人类做点事，所以我让他帮你付了上一学年的学费，而且我已经提醒过他让他赶紧付这一学年的。我告诉他，这是做好事，这会让他自觉崇高。”

“你对他说是为了我吗？”她问。

“没，我没说细节。”

“你替我感谢他了吗？”

“当然。托尼近况如何？”

这问题使她感到意外。听起来很是随意，毫不挂心，像是在说托尼是个固定设备，而不是个麻烦，也不是叨扰他人的家伙。

“他挺好的。”她说。

“他带你去看球赛了吗？”神父问。

“没，但他老是挂在嘴边。我问他韦克斯福德是不是参加球赛了，但他没听懂这个笑话。”

“艾丽丝，我有个建议，”弗勒德神父边说边开门看着她出去，“别拿球赛开玩笑。”

“托尼自己也这么说。”

“他是个固执的汉子。”弗勒德神父说。

次日傍晚，她把信给托尼看，他立刻说下个礼拜天，他们去科尼岛上庆祝一下。

“用香槟？”她问。

“用海水，”他答道，“之后去内森店吃大餐。”

她在巴尔托奇买了一条沙滩浴巾，又买下了戴安娜的一个太阳帽，戴安娜说她不要了。晚餐时，戴安娜和帕蒂拿出了她们当季的太阳镜，这是从大西洋城的海边买来的。

“我从哪里看到过，”基欧夫人说，“太阳镜会弄伤眼睛的。”

“喔，我不在乎，”戴安娜说，“我觉得很出风头。”

“我看到过，”帕蒂说，“如果今年在海滩上不戴太阳镜，人家会对你指指点点。”

麦克亚当小姐和谢拉·赫弗南戴了戴眼镜，接着递给艾丽丝戴，当作没看见多洛莉丝。

“好吧，是很漂亮，我就这么说吧。”基欧夫人说。

“我把这副卖给你，”戴安娜对艾丽丝说，“因为我礼拜天能再买到一副。”

“真能买到？”艾丽丝问。

她们听说艾丽丝买了泳衣，就一定要看，艾丽丝拿着泳衣上楼，特意先递给多洛莉丝，让她举在身前比画。

“艾丽丝，你运气不错，很合身。”基欧夫人说。

“我完全不能走到太阳底下，”多洛莉丝说，“会全身都晒红的。”

帕蒂和戴安娜大笑起来。

星期天早晨，托尼来接她时，似乎对太阳镜很意外。

“我得在你身上系条绳子，”他说，“沙滩上所有的小伙子都会想跟你私奔的。”

地铁站挤满了要去海滩的人，前两辆地铁过站未停，响起一片恐怖的喊叫声。人太多，空气很闷，第三辆地铁停下来时，没有足够的空间让每个人都上车，大家都往车厢里挤，笑着，嚷着，叫别人让开。这时候她和托尼挤到了门口，车厢里已经彻底没位置了，托尼拿着一把折叠沙滩伞，提着一个包。托尼抓住她的手，在门合上之前，在车厢的人群中挤出一个空间，这让她好生惊奇。

“车要开多久？”她问。

“一个小时，也许更长，这要看停靠多少站。但是开心点吧，想想海浪。”

他们终于到达海滩，但那里也挤得跟车厢似的。她看到托尼一路脸上都挂着微笑，即使被一个男人故意挤到门口，那人还是他老婆授意的。他打量沙滩上的人群，那里已经没有位置给新来者了，他似乎觉得他们来这里对他而言是一桩赏心乐事。他们在散步道上走着，艾丽丝觉得唯一的方法是找个立锥之地，然后待在那里，慢慢扩张地盘，直到可以放下行李，躺着晒太阳。

戴安娜和帕蒂对她说过，在意大利，没人在沙滩上换衣服。意大利人把他们的习惯带来了美国，出发前，泳衣就穿在衣服里面了，戴安娜认为这很不文雅，有失体面。艾丽丝不知她们是否在说笑，就又问了福尔蒂尼小姐，后者说确实如此。福尔蒂尼小姐还说，她应该再减减肥，还带给她一把粉红色的小剃刀，说不用归还。虽然一切就绪，但她还是很紧张自己要在托尼面前脱衣，露出穿泳衣的模样。她愈故作镇静，就愈不自在。她不知他是否看得出她刮过毛，又觉得自己肤色太白，大腿和臀部太肥。

托尼很快脱得只剩下了泳裤，她高兴地看到，她脱衣时，他漠然望着周围的人。她准备好后，他想去海里。他把东西托付给旁边的一家子，接着穿过人群，走到水边。艾丽丝看到他怕冷缩了回来，不禁哈哈大笑，她觉得这里的水比爱尔兰海的水暖和多了。她蹚水而去，他努力紧随其后。

她游起来了，他无助地站在齐腰深的水里，她招手让他跟上，大声说他不是小毛孩了，他也大声说他不会游泳。她朝他的方向蛙泳了一段，看到周围的恋人都在干什么，便渐渐发觉他是怎么想的。他好像希望他们俩站在齐脖深的水里，搂抱着，让一波波的浪涛盖过来。她抱住他，他也把她抱得紧紧的，这样她就不能轻易从他身边游开了。她感觉到他的下身坚挺地顶住了她，他笑得更欢了，他想抱住她的臀部，但她游开了。她想告诉他，最后一个碰她屁股的是谁。想到他的反应，她乐不可支，猛力地仰泳起来，希望这能让他觉得他水底下那双手太随便了。

一整天，他们在沙滩休息处和大海之间来来回回。她戴上了遮阳帽，他撑了伞防晒，他还拿出了母亲准备的便餐，有保温瓶装的冰镇柠檬汁。在水里她有几次独自游开，觉得这里的浪头比家乡的大，潮来时倒一般，退去时很有劲道。她知道不能在这个陌生的海洋里游得太远，越过自己能应付的深度。她看到托尼怕水，不喜欢她从身边游开。她每次回来，他都让她的胳膊绕住自己脖子，从下面抱起她，这样她双腿就分开夹住他了。他吻着她，把她的脸捧过来看着，似乎并没有为自己的勃起而害臊，还挺自豪的。他冲着她笑的样子真是童稚未泯，她则对他柔情款款，他抱着她时，她深深地吻他。天光渐晚，他们几乎是在水里留到最后的一对。

艾丽丝抱怨说上班太热，他们说这才开头呢，但一天福尔蒂尼小姐告诉她，巴尔托奇先生快要开空调了，很快这地方就要拥满了来避暑的购物者。福尔蒂尼小姐说，她的工作就是要让他们都买东西。

很快，艾丽丝就向往上班了，她夜里汗流浃背地醒来，就盼着巴尔托奇的空调。到了傍晚，基欧夫人把椅子搬到门外，她们坐在阴凉处摇扇子，有时一直坐到天黑透。艾丽丝有半天假的那天，托尼也请了半天假，一起去了科尼岛，很晚才回。她问他是否能去玩一下摩天轮或其他游乐项目，他拒绝了，每次都找借口说他们为什么不能玩。他丝毫没提到他失去前女友就是因为带她坐了摩天轮。艾丽丝对此却倍感兴趣，喜欢他漫不经心阻止他们去玩的借口，喜欢他表里不一地隐瞒以前发生过的事，这让她有快感。他有秘密，而且冷静地守护着秘密，她知道这点，就觉得开心。

夏日消磨间，他唯一能谈的话题就是棒球。他对她说的那些名字，她在上班时有所耳闻，或是在报纸上见过，诸如杰基·鲁宾逊和佩·维·里斯，还有普里彻·罗。就连基欧夫人也在谈论这些棒球选手，好像她认识他们似的。去年她在朋友斯坎伦小姐家的电视机上看了一场比赛，众所周知她是道奇队的球迷，斯坎伦小姐也是，于是她想今年再去斯坎伦小姐家蹭电视。

在艾丽丝看来，大家除了要打败巨人队，别的什么都不谈。托尼兴高采烈地告诉她，他预定了艾比特球场的票，不仅有艾丽丝的，还有他三个兄弟的，这将是他们生活中最重要的日子，因为上个赛季，博比·汤姆森打败了他们，这次他们要报仇雪恨。托尼和她走在街上时，会模仿他喜爱的球员，大声说着他对他们的期望，而他也不是唯一一个这么做的。

她想跟他说说韦克斯福德的曲棍球队，他们被蒂帕雷里打败了，夏季的星期天，即使韦克斯福德队不参加比赛，她的几位哥哥和父亲也都胶坐在前厅听广播。他模仿起评论员，描述他想象中的比赛，她说她的哥哥杰克也做过同样的事。

“等等，”他说，“你们在爱尔兰打棒球？”

“不是，那是曲棍球。”

他有点纳闷。

“这么说来不是棒球？”

他脸上露出失望之色，还有点恼怒。

一天晚上在教堂，乐队演奏完摆调后，开始演奏一支托尼熟悉的曲子，他兴奋起来了，周围很多人也兴奋了。

“这是杰基·鲁宾逊之歌，”他喊道。他挥动着一支想象中的棒球棍，“他们在演奏《你有没有看见杰基·鲁宾逊击中了那个球？》。”

艾丽丝回到布鲁克林学院上课，棒球热愈演愈烈了。她感到奇怪的是，去年这个时候，肯定也是这样一股狂潮，而她一点都没注意到。现在她回归了常规生活，周四下课后与托尼约会，周五晚上去教堂跳舞，周六看电影。而他口口声声说只要艾丽丝和他在一起，这一年对他来说就非常美好，再如果劳伦斯、莫里斯和弗兰克和他们在一起，道奇队赢得世界联赛就更好了。好在，他没有再提要生孩子去当道奇队球迷。

她与四兄弟一起在人群中走向艾比特球场。他们留出了足够时间，能停下来和人搭讪，讨论选手的新闻、对赛事的看法，或是去买热狗和汽水，逗留在外面的人堆里。她渐渐看清了兄弟间的不同。莫里斯笑得多，貌似很随和，但他不和陌生人说话，其他人说话时，他站在一旁。托尼和弗兰克走得很近，弗兰克很想知道托尼最新的想法。劳伦斯似乎对赛事知之甚详，能易如反掌地反驳托尼的论断。弗兰克看看托尼，又看看劳伦斯，这两位正在争论艾比特球场的优点，她看着他直笑。劳伦斯说球场太小，样子过时，应该会搬迁，托尼说它绝不会搬迁的。弗兰克的目光从一个哥哥转向另一个哥哥，似乎是真的不知何去何从了。莫里斯从不加入这种争论，而是让大家继续朝球场方向走，提醒他们走得太慢了。

他们找到座位后，让艾丽丝坐在中间，托尼和莫里斯一左一右，劳伦斯在托尼的左侧，弗兰克在莫里斯的右侧。

“妈妈说不能让你坐在边上。”弗兰克对她说。

托尼和室友们已经对艾丽丝解说过球赛规则，看起来挺像跑注式棒球①，她在家乡时和哥哥以及哥哥的朋友们玩过这个，但她依然不明白应该期待些什么，跑注式棒球的规则很好，但不会引发像曲棍球和足球的那种狂热。前天晚上在基欧夫人家，大家都认为棒球赛太慢了，中间有太多的停顿，只有麦克亚当小姐认为这是世界上最好的运动。戴安娜和帕蒂说球赛中最好的事就是出去买热狗、汽水和啤酒，回来发现虽然满场呐喊欢呼，但没有发生重要赛况。

“上次我们就是这么错过的，我这么说吧，”基欧夫人说，“当时可真不好过。”

还有半小时开场，但周围的人都表现得好像立马就要开赛似的。艾丽丝看到托尼不再关注她了。平时他总是一心一意地朝她微笑，问她问题，听她说话，对她讲故事。如今热火朝天，他没法再扮演一个细心体贴的男友了。他和后排的人长篇大论地切磋，并把他们说的话转达给弗兰克，为了让对方听清，他从她头顶伸

① 跑注式棒球：类似棒球的一种英式球赛。

过脖子，完全无视她的存在。他没法静坐，不停站起，坐下，回头看后面。莫里斯买了一份赛事表，他专心地看，不时把自己的心得告诉艾丽丝和他三位兄弟。他似乎有些担心。

“如果这场败了，托尼会发疯的，”他对她说，“如果赢了，他会疯得更厉害，弗兰克也会一起疯。”

“那么哪种结果最好呢？”她问，“是赢还是输？”

“赢。”他说。

托尼和弗兰克又去买了些热狗、啤酒和汽水。

“看着我们的座位。”托尼笑着说道。

“对，看着我们的座位。”弗兰克重复道。

球员最终出场时，四兄弟都跳了起来，争先恐后地叫出他们的名字，但很快发生了令托尼不愉快的事，他坐回座位，沉默了。有一会儿他握着她的手。

“他们都是我们的对手。”他说。

但比赛一开始，托尼就滔滔不绝地评论起来，稍有动作，他就来兴致。托尼不开口时，弗兰克则滔滔不绝，把大家的注意力引开，然后莫里斯就会叫他消停一会。莫里斯每分每秒都集中注意力，几乎不说话。她觉得他比托尼更为投入和激动，但没有像托尼那般呐喊，欢呼，帮腔，喘气。

她没法跟上比赛，不知评分规则，不知怎样才算好球和坏球，也认不出那些球员。而且正如帕蒂和戴安娜所说，比赛进程很慢。她也知道没法去洗手间，因为每次她说要去，大家都说此刻不容错过。

她安静地看球，试图弄明白复杂的规则，这时候突然意识到，托尼现在这样不停地动来动去，大声叫弗兰克注意看，一阵欢呼紧接着一阵失望，并没有使她感到恼怒。她觉得这很奇怪，于是开始用眼角余光打量他，有时也直视着他，她注意到他是多么有趣，充满活力，又优雅迷人，反应敏捷。她也欣赏他自我陶醉的样子，他这方面比他兄弟们厉害多了，更不加掩饰，更幽默，更有举重若轻的感染力。她毫不介意由莫里斯抽空来解说刚才发生的赛况，事实上她几乎是喜欢托尼不把她放在眼里。

托尼全身心沉浸在比赛中，这给了她一个机会，让自己的心思逗留在他身上，飘到他那里去，便发觉他与她在所有方面都是那么不同。她觉得自己看清了他，便生出一个念头，他永远也不能像她此刻看他这样来看她，这仿佛抛下了心里的一块石头，仿佛所有的事都有了满意的结果。他的激动之情和观众的欢呼雀跃都变得有感染力，她装作自己能跟上比赛，与周围人一起为道奇队欢呼，她也追随托尼的目光，看他指向的方位，球队快要输球时，就和他一起默默地坐着。

在将近两小时后，大家都站了起来。她和托尼还有弗兰克约定，她先去上厕所，然后在球场界线那里碰头，一起去离他们座位最近的热狗摊。她在界线头上找着了他们，正觉得口渴，而且她也想融入所有这一切，于是点了瓶啤酒，这是她第一次买啤酒，接着学托尼和弗兰克的样，把芥末和番茄酱涂在热狗上。他们刚回到座位，球赛又开始了。她问莫里斯，是否才过了半场，莫里斯说，棒球赛没有半场，第七局过后会有一次暂停，然后就快结束了，而且这不叫暂停，而是延赛。她发觉莫里斯是四兄弟中唯一一个明白她对球赛有多么茫然的。她往后一靠，为这个想法而默自一笑，好奇怪啊，即使她觉得场上发生的事相当费解，这也似乎与她毫不相干。她明白的是，因为各种原因，幸运和成功渐渐地躲开了布鲁克林道奇队。

因为艾丽丝与托尼家人一起过的感恩节，他母亲觉得她也能来过圣诞节，但她拒绝了，他母亲差点恼了，问是不是他们家的饭菜不合胃口。她说不能让弗勒德神父失望，今年还是要去教堂干活。托尼和他母亲几次对她说，会有人来接替她的活儿，但她并不动摇。他们以为她做的是无私的公益活动，她不禁微感内疚，因为她知道在教堂干活，比吃上一顿晚饭，再整天和托尼及其家人待在小公寓里要快活多了。她喜爱他们每一个人，也觉得兄弟之间的差异着实有趣，但有时感到吃完饭独自待着，会比这餐饭本身更令她开心。

圣诞节过后，她每晚都与托尼见面。一天晚上，他对她说了他们的计划，他和莫里斯还有劳伦斯在长岛以低价买下了一块地，打算开发。他说，这得花时间，可能需要一两年，因为那里距离服务设施很远，而且看起来什么都没有，只是一片荒地。但他们知道，服务设施很快就能跟上。现在空荡荡的地方，再过几年马路、水电都会铺好。那块地上足够造五栋带花园的房子。莫里斯已经去读夜校的成本工程师了，托尼和劳伦斯能做管道和木匠。

他说，第一栋房子是自住的，他母亲一直盼望有个花园，有个像样的房子。接着，他们会再造三栋楼卖出去。莫里斯和劳伦斯问他是否想要第五栋，他说要的，于是他来问她想不想住在长岛。他说，那里靠海，距离地铁站也不远。但他现在还不想带她过去，正值冬天，那里一片荒芜，灌木丛生。他说，那栋房子会是他们的，他们能自己来设计。

她认真地看着他，因为她知道他这么说不仅是向她求婚，也是在暗示婚姻在他们之间已经达成默契。剩下的只是一些细节问题，他们怎么过日子，他要给她什么样的生活。他说，他与他两位兄弟迟早会建个公司，然后造房子。眼下他们正在攒钱和制订计划，凭他们的手艺和已经买下的那块地，用不了多久就能实现了，也就是说，不久之后他们的生活能大大改善。她什么都没说。听到他的计划，看到他是这么实在、正经和真诚，她几乎流下泪来。她不想说她会考虑一下，因为她知道这句话是什么意思。她只是点头微笑，握住他的双手，把他拉入怀中。

她再次给罗丝写信，收信地址是公司，告诉她事情有了很大的进展。她想说说托尼，但很难不把他描述成幼稚、傻气、轻浮的人。她说，他从不说脏话，也不骂人，她觉得有必要让罗丝知道，他和家乡人都不一样，这是另一个世界，在这个世界中，托尼闪闪发光，尽管他家住在两居室里，尽管他干的是体力活。她把信撕了好几次，她写得就像是在为他告饶一般，而不是在说他与众不同，她和他在一起不仅仅是因为他是她遇见的第一个男人。

但在写给母亲的信中，艾丽丝只字不提。虽然写到了科尼岛和棒球赛，她也只说是和朋友去的。她后悔没在半年前略提一笔，致使现在看来是那么突兀。她想在给母亲的信中写他，却发现没可能不写成一篇长文，她在哪里遇见他，他是何等样人。她每次提笔，又都缩了回去。

罗丝的回信简短。显然，她已从弗勒德神父那里再次听说了。罗丝说托尼像是个好人，但他们都还年轻，不必急着做决定，最好的消息是艾丽丝到了夏天就会成为持证簿记师，可以开始实习。罗丝在信中想象着艾丽丝必定急于离开商场，在写字楼里找个工作，那不仅薪水高，两条腿也轻松多了。

在巴尔托奇，大家都对黑人顾客习惯多了，艾丽丝很多次被派往不同的柜台。福尔蒂尼小姐对巴尔托奇一家说过她通过考试，还有一年毕业的事，巴尔托奇小姐说，如果有适合初级簿记员的职位空出来，即使她还没拿到证书，他们也会考虑她的。

第二年的课程比较简单，因为艾丽丝已经不再惧怕考试了。她读过法律书，做过笔记，能跟上罗森布鲁先生说的大部分课程。但她仍然不缺课，只在周四、周五和周六与托尼约会。周四他送她回家，周五一起去教堂跳舞，周六他带她吃饭并看电影。布鲁克林的冬天到了，她喜欢自己的屋子和日常作息，春天到来时，她下课回来的晚上也开始自习，星期天也不例外，她要确保自己通过考试。

她觉得营业区的工作无聊又累，而且经常时间过得很慢，特别是在每周的最初两天，他们不忙的时候。但福尔蒂尼小姐总是守着，会注意到谁自行休息了，迟到了，或是没有准备好接待下一位顾客。艾丽丝很当心自己的站姿，也留神去找需要她的客人。她明白，如果她关心钟表，或是满心想着时间，时间就会走得更慢，因此她学会了有耐心。每天下班走出店门，她就把一切都抛诸脑后，享受自由。

一天下午，她看到弗勒德神父走进商店，她什么都没多想。虽然弗勒德神父自从那次被巴尔托奇一家叫来之后，她就没见他来过。她知道他是巴尔托奇先生的朋友，也许他们有生意上的往来。她看到他先和福尔蒂尼小姐说话，接着朝她瞟了一眼，好像要朝她走来，但他与福尔蒂尼小姐说了几句后，便一起向办公室方向走去了。她接待了几位顾客后，看到有人打开了好多件衬衫，就走过去把它们叠好放回原处。她回来时，福尔蒂尼小姐正朝她走来，她脸上的表情让艾丽丝想逃开，走得远远的装作没看见她。

"你有时间去办公室一趟吗？"福尔蒂尼小姐说。

艾丽丝自问是否因为她做错了什么，是否有人指责了她。

"什么事？"她问。

"我不能说，"福尔蒂尼小姐说，"你最好跟我来。"

话音刚落，福尔蒂尼小姐就转身飞快地朝前走。艾丽丝更觉得是自己以前做了什么错事，现在才被人发现。离开营业区后，她跟着福尔蒂尼小姐走下一条通道，她停下脚步。

"对不起，"她说，"但你能告诉我发生了什么吗？"

"我不能说。"福尔蒂尼小姐说。

"能提示一下吗？"

“跟你家里人有关。”

“是事情，还是人？”

“是人。”

艾丽丝顿时想到母亲也许得了心脏病，或是从楼梯上摔了下去，或是哪个哥哥在伯明翰出了事故。

“是谁？”她问。

福尔蒂尼小姐没有回答，继续在她前头走，一直走到通道尽头的门前，推开了门。她退到一旁让艾丽丝进去。屋子很小，弗勒德神父独自坐在椅子上。他迟疑地站起来，示意福尔蒂尼小姐让他们单独谈谈。

“艾丽丝，”他说，“艾丽丝。”

“嗯，出了什么事？”

“是罗丝。”

“她怎么了？”

“你母亲发现她今早死了。”

艾丽丝一句话都说不出来。

“她应该是睡梦中过世的。”弗勒德神父说。

“睡梦中过世的？”艾丽丝问道，心里反复想着上次收到罗丝的信和母亲的信时，是否曾提到什么问题。

“欸，”他说，“是猝死。她昨天还去打高尔夫球，状态很好。她是在睡梦中过世的，艾丽丝。”

“我母亲发现的？”

“是的。”

“其他人知道吗？”

“知道，他们已经搭邮船往家赶了。今晚要为她守夜。”

艾丽丝想是否有什么办法让她可以回到营业区，阻止这一切的发生，阻止他把这事告诉自己。沉寂中，她差点就要让弗勒德神父出去，别再这样走进店里来，但她立刻意识到这很愚蠢。他在这里。她已经听到了他的话。她不能让时光倒流。

“我做了安排，你母亲今晚会去恩尼斯科西的神父家，我们会通过这里的长老会给她打电话。”

“是和你有联系的神父吗？”

“是奎德神父。”他说。

“他们确定吗？”她问，立刻伸出手阻止他回答，“我是说，这是今天发生的？”

“在爱尔兰是今天早晨。”

“我不相信，”她说，“一点预兆都没有。”

“我早先和弗朗哥·巴尔托奇通过电话，他说带你回去，我也和基欧夫人说过了，如果你给我托尼的地址，我会给他传个信，让他知道。”

“接下来是什么事？”她问。

“葬礼后天举行。”他说。

他柔和的语调，小心翼翼躲避她目光的样子，令她哭了起来。他拿出一块干净的白色大手绢，显然他早就准备好放在口袋里的，她变得歇斯底里起来，推开了他。

“我为什么要来这里？”她问，但她知道他听不明白她的话，因为她哽咽得厉害。她从他手中拿过手绢，擦了擦鼻子。

“我为什么要来这里？”她又问。

“罗丝希望你过上好日子，”他回答说，“她做的都是好事。”

“我再也见不到她了。”

“她希望你一切都好。”

“我再也见不到她，是吗？”

“这是很伤心的，艾丽丝，但她如今在天堂了。我们应该这么想。她会看顾着你的。我们都会为你母亲祈祷，为罗丝的灵魂祈祷，而且你知道，艾丽丝，我们要记住，上帝的方式与我们不同。”

“我希望我没来这里。”

她又哭了起来，不住地重复，“我希望没来这里。”

“我的车停在外面，我们去长老会吧。和你母亲说说话，对你有好处的。”

“我离家后就没听过她的声音，”艾丽丝说，“只是写信。这是我第一次打电话给她，但这太糟了。”

“我明白，艾丽丝，她的感受也如此。奎德神父说，他会去接她，送到神父家。我想她还在震惊中。”

“我该和她说什么？”

母亲的声音起先是在颤抖，像是自言自语，艾丽丝不得不打断她，说她听不清楚。

“现在听到了吗？”母亲问。

“是的，妈，能听到。现在好多了。”

“她像是还睡着，今早也是这样，”母亲说，“我去叫她，她睡得很熟，我说那就睡吧。但我一下楼就知道不对头，她不是这样睡觉的。我看了看厨房的钟，说我再给她十分钟，等我再上去，摸到她，她已经冰冷了。”

“啊，天呐，太可怕了。”

“我在她耳边轻声念了句忏悔词，就跑去隔壁人家。”

电话中的沉默偶尔被轻微的噼啪声打破。

“她是睡梦中去的，”母亲终于接上了话，“古丁根医生这么说的。她去看过医生，但对谁都没说，她去做过检查，但对谁都没说。罗丝知道的，艾丽，她知道这随时会发生，因为她的心脏。她心脏不好，古丁根医生说，而且无药可医。她对谁都没说，一切照常。”

“她知道自己心脏不好？”

“医生是这么说的，她决定继续打高尔夫球，其他事也照做。医生让她放宽心，但是，即使她曾经放宽了心，结局还是一样。我不知道该怎么想，艾丽，也许她非常勇敢。”

“她谁都没告诉？”

“没有，艾丽，谁都不知道。她现在看起来很安详。我出来前看过她，那会儿我觉得她仍然和我们在一起，她还是那个样。但她去了，艾丽。罗丝去了，这是我最没想到的事。”

“现在家里有谁？”

“邻居们都在，你叔叔迈克尔，他们是从克朗格尔来的，还有多伊尔一家也来了。你爸过世时，我说我不用痛哭，因为我还有你、罗丝和男孩们，男孩们离家时，我说了同样的话，你离开时我还有罗丝，但如今我一个都没了，艾丽，我一个都没了。”

当她试着去回答时，艾丽丝发现自己的话没法被听懂，因为自己哭得太厉害了。母亲在电话那头沉默了一会。

“明天我会替你向她告别，”母亲又开口道，“我觉得我该这么做，我先和她道别，然后替你向她道别。她现在在天堂里和你父亲在一起了。我们会把她埋在你父亲身边。我晚上常想，你父亲一个人躺在坟墓里多么孤单，如今他有罗丝做伴了。他们去了天堂，他们俩。”

“是的，妈。”

“我不明白她为什么年纪轻轻就走了，我无话可说。”

“这太令人震惊。”艾丽丝说。

“今早我碰她时她已冷了，和别的东西一样冷。”

“她一定走得很安宁。”艾丽丝说。

“我希望她告诉过我，或者让我知道一些恶兆。她不想让我担心。奎德神父和其他人都这么说。也许我做不了什么，但我能看着她点。我不知该怎么想了。”

艾丽丝听到母亲叹了口气。

“我要回去了，我们要去念经，我会告诉她我跟你通电话了。”

“好的。”

“再见，艾丽。”

“再见，妈，你会和哥哥们说我们通过话了吗？”

“我会的，他们明早就到。”

“再见，妈。”

“再见，艾丽。”

她放下话筒又哭了。她在房间角落找了张椅子，坐下来使劲控制自己。弗勒德神父和管家过来给她送茶，想让她平静下来，但她没法不发出阵阵剧烈的哽咽。

“对不起。”她说。

“别在意。”管家说。

她平静下来后，弗勒德神父开车送她去基欧夫人家。托尼已经等在客厅了。她不知道他来了多久，她看着他和基欧夫人，不知他们在等她时都说了些什么，基欧夫人是否发现托尼不是爱尔兰人而是意大利人。基欧夫人满怀善意和同情，但艾丽丝想，这消息和这些客人使她兴奋起来了，她愉快地从无聊的一天中摆脱出来。她在屋子里忙忙碌碌，叫着托尼的名字，给他和弗勒德神父端茶送三明治。

“你母亲真可怜，我只能这么说，你母亲真可怜。”她说。

这次，艾丽丝觉得没必要对基欧夫人客气。她说话时她就把头扭向别处，一次都没接口。这却让基欧夫人更殷勤了，不时地给她送茶过来，或是送阿司匹林和水，说她一定要吃点东西。艾丽丝希望托尼能拒绝从基欧夫人那里再拿三明治和蛋糕，并谢谢她的好意。她希望他走，基欧夫人住嘴，弗勒德神父也走，但她没法独自面对自己的房间和这个夜晚，于是她什么都没说。很快，基欧夫人、托尼和弗勒德神父交谈起来，回顾这几年布鲁克林的变化，预测以后还会发生什么，仿佛她不在旁边。他们不时地沉默一会，然后问她是否需要什么。

“可怜的，她还没从震惊中恢复过来呢。”基欧夫人说。

艾丽丝说她什么都不需要，然后闭起眼听他们继续交谈。基欧夫人问其他两人，她是否应该买台电视机，晚上好有个伴，又担心这事还不流行，会没人陪她看电视。托尼和弗勒德神父建议她买一台，但他们又说节目制作没法确保的，她觉得不必冒这个险。

“等大家都买了，我再去买。”她说。

最后，话都说完了，他们商量好弗勒德神父次日十点钟去为罗丝做一场弥撒，基欧夫人会参加，托尼和他母亲也会去。弗勒德神父说，这就与平时的集会一样，在弥撒开始前，他会让大家知道，这是为某位非常特别的人祈求灵魂安宁，他会让大家为她祈祷。他打算载托尼回家，并很机灵地和基欧夫人等在会客室，让托尼和艾丽丝在门厅拥抱。

“抱歉我没法参与聊天。”她说。

“我想过了，”他说，“如果我有个兄弟过世，也许这听起来挺自私，但我想过你的感受。”

“我一想就受不了，”艾丽丝说，“然后我就忘掉，但过一会儿，又想起来，就像刚听到这消息似的。我没法过去。”

“我希望能在你身边。”他说。

“明早我们再见，还有告诉你母亲，如果不方便就别来了。”

“她会去的，没什么不方便。”他说。

到了早晨，艾丽丝奇怪自己居然睡得那么沉，醒来的瞬间，她想到不是要去上班，而是去参加罗丝的弥撒。她知道姐姐仍在弗莱瑞街的家里，他们晚上会把她送到大教堂，然后次日一早的弥撒过后就下葬。这一切都似乎简单明了，几乎无可避免，后来她与基欧夫人一同前往教堂，走在熟悉的路上，与不认识的人擦肩而过，艾丽丝觉得有人死了，但那人不是罗丝，这是另一个春天早晨，天气微热，她只是像往常一样去上班。

罗丝在睡梦中过世这事似乎不可想象。她睁开过眼睛吗？她是不是平静地躺着，在睡梦中呼吸着，然后好像什么都没发生，她的心跳和呼吸都停止了？这是怎么发生的呢？她在夜里叫喊了，没人听见，还是喃喃低语了？前一天晚上，她有预兆吗？她是否隐约感觉到这是她在人世的最后一天呢？

艾丽丝看着罗丝寄给她的一沓信，想到罗丝得知自己有病，是在寄出某两封信之间，还是在艾丽丝离家之前。这改变了艾丽丝在布鲁克林想到罗丝的一切时光，使得她经历过的其他事都微不足道了。她看着罗丝的笔迹，清晰平稳，充满自信，心想是否在写信的某一时刻，罗丝抬起头来叹过气，又凭着顽强的意志力，让自己坚强起来，拾笔写下去，自从她决定不让任何人——那位医生除外——知道此事，就从未有过片刻的动摇。

她想象着罗丝此刻正身着深色寿衣躺着，桌上烛光闪烁。过后，棺材会被封上，门厅和街道上都是悲肃的面孔，她的哥哥们穿着西装和黑色领带，一如他们在父亲葬礼上的样子。一整个上午都在举行弥撒，结束后回到弗勒德神父家，她一直在心中想象罗丝的死和她被抬走的每个细节。

她说下午就想去上班，大家都吓了一跳，吃惊不小。她看到基欧夫人在和弗勒德神父窃窃私语。托尼问她是否确定，她说已经决定，他说会送她去巴尔托奇，晚上再去基欧夫人家找她。基欧夫人已经邀请他和弗勒德神父来与房客们共进晚餐，之后会有一场给罗丝灵魂所做的念经活动。

艾丽丝第二天早晨也上班了，并且打算晚上去上课。因为没法跟托尼去看电影和跳舞，就去了附近的餐馆，他说如果她不想多说话，或是想哭，他不会介意。

“我希望这事没发生，”他说，“我一直希望这没发生。”

“我也这么想，”艾丽丝说，“如果她能让我们其中一人知道就好了。或者什么都没发生，她好好地在家里。我希望我有一张她的照片，这样就能让你看看她有多么漂亮。”

“你也很漂亮。”他说。

“她是最漂亮的，大家都这么说，我没法接受她现在在哪儿。我不去想她已经死了，不想她的棺材，不想一切的一切，也许该开始祈祷了，但这很难。”

“如果你愿意，我会帮你。”他说。

艾丽丝感到，虽然天气越来越好，但所有的颜色都从她的世界中洗去了。她在营业区时很当心没有让自己突然崩溃并冲到洗手间去哭一场，她为此自豪。福尔蒂尼小姐说，如果她哪一天需要提前回家，或是想要在工作时间外找她谈那些事，不要有所顾虑。托尼每晚都在她下课后来接她，她喜欢他让她随心所欲保持沉默的做法。他只是握着她的手，或是揽着她肩送她回家。其他房客都对她说，如果她有所需要，无论什么，都可以敲她们的门，或是去厨房找人，她们有求必应。

一天晚上，她去厨房煮茶，发现边桌上有她一封信，她早先没看到。是从爱尔兰来的，她认出是杰克的笔迹。她没有立刻拆信，而是等到茶煮好，才拿着信下楼，以免读信时被打扰。

亲爱的艾丽丝：

妈妈让我给你写信，因为她写不了。我正在前客厅窗下的桌上写这封信。之前房子里全是人，但现在一点声音都没有，他们都回家了。我们今天葬了罗丝，妈妈让我告诉你，天气很好，没有下雨。奎德神父为她做了弥撒。我们从都柏林坐火车来，又在邮船上过了一个糟糕的夜晚，昨天上午才到。我们抵达时，她还在房子里，有人守着她。她看起来很美，从头发到其他一切。大家都说，她的样子很平静，就像睡着了一般，也许在我们来之前，确实如此，但我见到她时，看起来不一样了，一点儿都不像她，不是说不好看什么的，当我跪下来触摸她时，我有一刻觉得那不是她。或许我不该这么说，但我想应该让你知道当时的情形。妈妈让我把一切都告诉你，那些来的人里有高尔夫俱乐部的，大卫公司当天上午放假了。这不像爸爸过世的情形，他死的时候，有一刻你会觉得他还活着。我见到罗丝时，她就像石头一样，像画中人一样苍白。她美丽而平静。我不知道自己是怎么回事，但我一点都不觉得那是她，直到我们——兄弟们、我，还有从克朗格尔来的杰姆、比尔和冯瑟·多伊尔——抬起棺材。最糟的是，我没法相信我们在为她做这个，在那里关上棺盖，埋葬了她。我回去后要为她祈祷，但我完全没法跟上那些祈祷者。妈妈让我说，她替你向她说了特别的告别的话，但妈妈和她说话时，我没法待在那屋子里，我哭得太厉害，差点没法抬棺材。我也没法朝墓园里看。我捂住了眼睛。或许我应该把这些都告诉你。我们得回去工作，我想妈妈还不知道此事。她觉得我们中有一个人大概能留下来，但是我们不行，你知道。工作不是这么回事。我不知道那头的工作是什么样，但我们得回去，妈妈得独自待在这里。左邻右舍都会来，还有其他人，但我觉得她并不在意。我知道她想见你，她一直说这是她盼望的，但我们不知该怎么说。她让我不要提这个，但我要说，等她能够写信时，你会收到她的信。我想她希望你回家。她在房子里独自一人睡不着，她还说她没法睡觉了。但我们得回去。她问我是否听说镇上有工作，我说我会去打听一下，但问题是我得回去，帕特和马丁也要回去。抱歉我这么啰嗦。这事对你来说一定是沉重打击。对我们也是。之前我们一天都没找到马丁，因为他出去工作了。很难想象罗丝在墓地里，我只能这么说了。妈妈想要我说，大家都很好，他们确实很好，她不想我说她哭个不停，但事实如此，或者大多数时间都在哭。我得停笔了，把这装入信封。我不想再看一遍，因为我写了好几个开头，每次读完都撕掉重写。我会封好信封，然后明天上午寄走。我想马丁告诉了她我们明天就要走了。我希望这封信不会太可怕，但，我刚说过，我都不知该怎么写。妈妈会高兴我把信寄了，我这就去告诉她信已写好。你为她祈祷吧。我这就走了。

你的哥哥，杰克

艾丽丝把信读了几遍，没法再一个人待着了，她从字里行间听到了杰克的声音，感觉到他在这屋里与她在一起，像是刚从一场曲棍球比赛出来，他的球队输了，他上气不接下气地来报告这一消息。如果她在家，就能和杰克聊聊，和母亲、马丁、帕特坐在一起，听他慢慢说发生了什么。她无法想象罗丝死了，她曾想过她像熟睡中的人一样被处理身后事，但现在她得去想她像石头一样，生命力全都从她身上离去，她被关在棺材中，一切都改变了，改变着，离他们而去。她宁愿杰克没有写这封信，可她知道总得有人写，而他是最合适的人。

她在房中徘徊，不知如何是好。她突然间想到，可以坐地铁去港口，找到下一班横渡大西洋的船，买了船票就等着上船。但她很快明白不能这么做，也许没有舱位了，而且她的钱还都在银行存着。她想上楼，她在心里把每个室友都考虑了一遍，但没人能帮上忙。唯一对她有用的是托尼。她看了看钟，十点半。如果能尽快到地铁站，那么能在一小时内到他家，也许会更久，因为晚班地铁班次间隔较长。她取了大衣，快步走出走廊。地下室的门开了又关，她走上台阶，尽量不发出声音。

他母亲穿着睡袍来开门，把她带上楼到公寓门口。显然这家人已经休息了，艾丽丝也知道她的困厄看起来似乎并没有大到非得在这个时候来拜访。她从门口看见托尼父母的床铺已经摆好，她差点就要对托尼母亲说，没事了，她很抱歉打扰他们，这就回家了。但她明白这太莫名其妙。他母亲说，托尼正在穿衣服，他会和她一起出去。他在卧室里大声说，他们可以去街角的餐馆。

突然，弗兰克穿着睡衣出来了。他蹑手蹑脚，一直走到她面前，她才看到他。他满脸好奇，鬼鬼祟祟，而且颇为滑稽，像是电影里的某个角色刚刚在伸手不见五指的大街上目击强盗或杀人犯。他直视着她，对她笑了一笑，她别无选择，只好也对他笑了一笑，这时托尼出来了，弗兰克被告诫管好他自己，别管艾丽丝，于是他只好回卧室。

她从托尼的样子看出他已经睡了。他检查了一下口袋里的钥匙，然后溜到厨房——在那里她看不到他——和父母小声说了几句又出来，表情凝重，好像肩负责任又若有所思。

他们沿着街道走向餐馆，托尼把她揽得紧紧的。他们走得很慢，没有说话。他们走下楼梯时，她有一瞬间以为他为她这么晚来而生气了，但这会儿她知道他没有。他走路时揽着她的样子，她知道他爱她。此刻他比平时更温存。如果需要这样的帮助，她宁可来找他而不是弗勒德神父和基欧夫人，她第一个想到的就是他，她知道这对他很重要。她想，这是她做过的最直接、最确定的事，比她之前所有的行为都更明确地表明，她会和他在一起。

他们在餐馆里点餐后，他慢慢地读了杰克的信，还默念了几个字，她觉得他读得太慢了，猛然间觉得不该给他看这个，不该这样来他家。当他读到她母亲想见她，她母亲没法一个人过，肯定会觉得她大概要走，想到她就是拿着信来告诉他这事的。她看着他读信，他脸色发白，神情极为严峻，像是全神贯注，便猜想他又在读那几段似乎在说她母亲需要她回恩尼斯科西的内容。她后悔没能早些控制自己，没预料到这情况。她自觉愚蠢，因为她知道无论她说什么，托尼都不会相信她不会回爱尔兰。

他把信交还给她，眼中含泪。

"你哥哥一定是个很好的人，"他说，"我希望……"他迟疑片刻，手探过桌子握住了她的手，"我不是说我希望，但你我应该去参加葬礼，如果当时我能和你一起去的话。"

"我知道。"她说。

"很快你母亲会写信来，"他说，"你不要拆信，先来我家。"

她不知道他说这番话是什么意思，是说她不要独自拆看母亲的来信，应该让他在旁安慰她，还是说既然他无法准确猜测她的心意，他就要看看她母亲对她的去留是何态度。

她刚要道歉说打扰了他，就意识到这做法不对。她想到这话很冷漠，会拉开他们之间的距离，于是她对他说，她很感激在她需要时，他出来陪她。他点点头，但她知道他被信所困扰，或许他和她先前一样情绪消沉，更或许两者皆有。

他一定要送她回家，虽然她表示反对，说他很可能会赶不上末班地铁，只能全程走回本森赫斯特。他们再次彼此无言，然而在黑暗空寂寒冷的街道上，他陪她从地铁站走向基欧夫人家，她感到自己被一个受伤的人拥抱着，这封信的语气，告诉了他真正发生的是什么，她是属于另一个地方的，一个他无法了解的所在。她觉得他要哭了，她心存歉疚，是她将自己的一部分悲痛转嫁给了他，而他愿意拿走这部分粗涩、混乱的悲痛并装在心里，令她感到好生亲切。她现在比之前出来找他时更难过了。

他们走到家时，他抱住她，但没有吻她。她用力靠近他，感到他身上的暖意，他们都抽泣起来。她希望自己能告诉他，令他相信她不会走，但她转而想到，他也许正觉得她应该走，这封信让他知道她的职责所在，他此刻哭的是很多事：罗丝去世，她母亲孤苦伶仃，艾丽丝不得不走，还有他自己将被抛下。她希望自己能把话说清楚，也希望能明白他的所思所想，明白他为何此刻哭得比她还厉害。

她知道自己没法独自去地下室，开灯进房间，然后一个人待在那里。她也知道他没法从她身边转身离去。她从大衣口袋拿出钥匙，指了指基欧夫人的窗子，把手指竖在唇边。他们蹑手蹑脚地走进地下室，她开了门，打开厅里的灯，悄无声息地关了门，接着她为他打开自己屋子的房门，又关了厅里的灯。

屋里很暖和，他们都脱了外套。托尼刚哭过的脸有些肿。他想笑一笑，她走过去搂住了他。

“你就住在这里？”他小声问。

“是啊，如果你发出一点声音，我会被赶出去的。”她说。

他温柔地吻着她，她张开嘴，他只用舌回应。他身体温暖，她把他拉过来时，这身躯显得出奇的柔弱。她的双手滑下他的脖子，探入衬衣，碰到了肌肤。他们默然向床边走去。并排躺下后，他掀起她的裙子，把自己的裤子松开一点，让她能感觉到他的下身正抵住她。她知道他正等待她的信号，在那之前，他除了继续亲吻什么都不做。她睁开眼，看到他近在身旁。她静静地挪开去，脱下自己的内裤，又躺回他身边，这时他已把裤子往下褪，内裤也往下褪，好让她摸他。他的手探到她胸部，但解开胸罩却没那么容易。他又抚摸她的背，更为热烈地吻她。

他爬到她身上，进入她时，她忍住了没大声喘气，但开始恐慌。不仅因为疼痛和震惊，还因为她没法控制他。他插得比她想要的更深了。每一抽动都似乎更为深入，她觉得自己体内的什么东西快要被弄伤了。每次那东西抽出时，她松了口气，但随即发现情形更糟，又顶入了。她夹紧身体，尽力阻拦，想要出声喊叫，让他别这么使劲，他快弄破什么了。

她没法喊叫，却越来越害怕，使出全力绷紧身体。这时他喘着气，发出的声音令她觉得并非人声，那是一种压抑的低沉的呜咽。他停止动作时，她绷得更紧了，希望他能把自己抽出去，但他却喘着气趴在她身上。她觉得他似乎只听到自己的喘气声了，虽然这会儿她躺在床上，他安静地压在她身上，但他都不知道或是不在乎她的存在了。她不知道他俩该怎么面对彼此。她一动不动，等着他采取主动。

他从她身上移开，接下来的事让她吃了一惊，他一语不发地起身，笑盈盈望着她，脱下鞋袜，彻底脱了长裤和内裤。他跪在床上，慢慢地脱她衣服，她一丝不挂了，用双臂挡着胸部。他又脱了自己的衬衣，这下他也全裸了。他温柔地，带着羞涩地靠近，拉过床被，他们都躺进被子里。她觉得自己碰到他才一会儿，他的阳具就又挺起来了。他的身躯光滑美丽，裸体的模样，比起与她一起逛街和跳舞时显得更为健壮，在那些地方与高大的男人相比，他常常显得柔弱。她意识到他还想进入她，就小声对他说，第一次他进得太猛了。

“我以为你要插到我脖子呢。”她低声笑道。

“我倒是想能那样。”他说。

她用力拧了他一把。

“不行，你不能那么想。”

“嗨，好痛。”他悄声说着，吻着她，慢慢挪到她身上。

这回比上回痛得更厉害了，他像是在撞击她体内的某物，把它擦伤弄破了。

“这样更好吧？”他问。

她尽可能地绷紧了。

“嗨，这下不错，”他说，“你能再来一次吗？”

他再次插入，似乎已忘怀她在他身旁。他物我两忘了。这种不可思议的感觉使她前所未有地更想要他，觉得此刻，以及之后的回忆对她而言已经足够，比任何她曾想象的一切都令她变得不同。

第二天，他等她下班，然后从富尔顿大街走向地铁，一路无话。到了那里，他们约定下课后在校外见面。分别时他脸色凝重，像是心中有气。后来他送她回家，她走下地下室之前回身见他还站在那儿。他冲她一笑，这让她想起他弟弟弗兰克的笑，调皮捣蛋又天真的样子，她大笑起来，嘲弄地指了指他。

她到厨房烧水时，基欧夫人独自坐在桌边，却不与她说话。她觉得受到了轻视，差点想问出了什么事，但她只是在厨房走动，装着什么都没注意到。

她意识到基欧夫人大概听到了所有的声音，什么都没错过，包括托尼进门、离开的声音，或许还更糟，连他那晚上的声音也都听到了。房客和基欧夫人从未提起这种出格事，因为这是不可想象的。帕蒂和戴安娜总是无所忌惮地谈论男友，但若说她们中有人和男友过夜，或让他进卧室，那是行不通的。艾丽丝坐在基欧夫人塑造的肃杀气氛中，决定要厚着脸皮坚决否认托尼曾来过她卧室，并且说这想法令她震撼的程度不亚于房东。

艾丽丝做了水煮蛋和吐司，帕蒂和戴安娜走进来，说帕蒂看中一件大衣，打算到周五领了工资去买，如果那衣服还在的话，艾丽丝松了口气。基欧夫人一言不发地起身，离开餐厅，砰的关上了门。

“她怎么回事？”帕蒂问。

“我想我知道，”戴安娜说，看了看艾丽丝，“但老天作证，我什么都没听见。”

“听见什么？”帕蒂问。

“什么都没，”戴安娜说，“但听着很有趣。”

艾丽丝一觉睡到天亮，觉得疲惫酸痛。罗丝的死仿佛已是许久之前的事，她与托尼的一夜依然充满力量地存在着。她不知该如何知道自己是否怀孕，迹象多久才会来。她摸着自己的肚子，自问这一刻是否里面发生了什么变化，某个细微的结合，就像一个小绳结，或是比这更小，比一滴水更小，但它生长需要的一切都具备了。她不知道能做些什么来阻止这事，有没有什么东西可以拿来清洗自己，但她一想到这，就明白连这想法都是错误的，她得去忏悔，托尼也要去。

她希望他不要像前天晚上那样对她露出笑颜，希望他明白她一旦怀孕将深陷怎样的困境。如果她没怀孕，她也希望他和她一样明白，他们的所作所为是错误的，而罗丝才过世不久，这就更是大错特错了。艾丽丝意识到，即使她去忏悔，告诉神父他们做了什么，她也无法告诉任何一人，干那事的半小时前他们还在抱头痛哭。这太不可思议了。

那天晚上，她一看到托尼就对他说，明天晚上他们得去忏悔，明天是星期五，她以为他会理解这含义。

“我没法到弗勒德神父那里去，”她说，“也不能去找认识我的神父。我知道这没关系，但我做不到。”

托尼建议去他那里的教堂，那儿大部分神父都是意大利人。

“有些压根听不懂你说的英语。”他说。

“那么这就不是真正的忏悔了。”

“但我觉得他们会听懂几个关键词。”

“别开玩笑，你也要去忏悔的。”

“我明白，”他说，“你能答应我一件事吗？”他靠近她说，“你能答应在忏悔后对我好些吗？我是说握着我的手，对我说话，对我笑。”

“那你能答应我好好忏悔吗？”

“好，我答应，”他说，“我妈想要你星期天来吃午饭。她担心你。”

次日傍晚，他们在他那头的教堂外见面。托尼一定要分头去找不同的神父，他说，她去找一个叫安东尼的神父，他的意大利姓很长，年轻，和蔼，会说英语，他自己则去找一个年长的意大利神父。

“要确定他明白你在说什么。”她小声说。

她告诉神父，三天前，她与男友有过两次性关系，神父沉默了很久。

“是第一次吗？”他终于开口问道。

“是的，神父。”

“你们彼此相爱吗？”

“是的，神父。”

“如果你怀孕了怎么办？”

“他会娶我的，神父。”

“你想嫁给他吗？”

她没法回答。少顷，他又问了一遍，语气很是同情。

“我想嫁给他的，”她迟疑地说，“但我还没准备好嫁给他。”

“但你说你爱他？”

“他是个好人。”

“这就够了？”

“我爱他。”

“但你不确定？”

她叹了口气，没有说话。

“你是否对你们的事感到后悔？”

“是的，神父。”

“我希望你说一句万福马利亚来忏悔，但要慢慢地说，想想这句话，然后你要答应在一个月后再来。如果你怀孕了，我们再谈一次，我们会尽力帮你的。”

她回到基欧夫人家，发现地下室大门上了把锁，她只能从正门进去。基欧夫人与麦克亚当小姐正在厨房，麦克亚当小姐决定不去跳舞了。

“我以后会锁着地下室的门，”基欧夫人像是在和麦克亚当小姐单独说话，“你都不知道谁会去那里。”

“您很明智。”麦克亚当小姐说。

艾丽丝吃晚饭时，基欧夫人和麦克亚当小姐当她是空气。

艾丽丝母亲写信来说她很是孤单，度日如年，夜晚尤其难过。她说邻居们一直很关照她，下午茶后大家会来造访，但她对他们已经无话可说。艾丽丝回了好几封信，对母亲说了巴尔托奇店中所有的夏装款式，富尔顿街上其他的店，还有准备五月考试的情况，说她自己学习很努力，因为只要考过了，她就是持证簿记师了。

她从未在家信中提到托尼，她想现在母亲如果去清理罗丝的卧室，或是收到她办公室桌子里的物件，会不会发现她写给罗丝的信并读一下呢。她每天都见到托尼，有时只是在大学外与他碰面，一起坐电车，然后由他送至基欧夫人家门口。他在她房间度过那一夜后，他们之间的一切全都变了。她觉得他比以前轻松自在多了，更愿意保持沉默，而不是时时讲笑话吸引她的注意力。每次她见到他等她，她就觉得他们走得更近了。每次他们亲吻，或走在街上互相擦碰时，她都会想起在一起的那夜。

自从发现并未怀孕，她便带着愉悦的心情来回想那个晚上，尤其是从神父那里回来之后。神父暗示说，她和托尼之间发生的事并不难理解，虽然事情本身是错误的，但也许这是上帝的旨意，他们应该考虑结婚，成立家庭了。第二次神父聊天很随和，她差点就想把整件事说出来，问他自己该拿母亲怎么办。母亲一封封的来信在她眼中日益悲伤，有时字迹会奇怪地歪歪扭扭，变得难以辨识。但她还是什么都没说就离开了悔罪厢。

某个星期天做完弥撒，艾丽丝与谢拉·赫弗南走出教堂，便看到了弗勒德神父，他经常在弥撒后站在教堂前和他的教民打招呼。她们走过去时，他却避开了视线，走到暗处和一群妇人热烈地聊天。她等了一会儿，但神父一看到她，便转过身迅速走开了。

她猛然想，难道基欧夫人已经把那事告诉他了，她得立刻去找他，免得他做出什么不得了的事，比如写信给她母亲，虽然她也不知道该对他说什么。

于是与托尼一家共进午餐后，她和托尼约了晚些时候见面，说现在她必须去读书了。她不让他送她到地铁站，自己直接从那儿去了弗勒德神父家。

她坐在前厅里等他，心想她很难提到基欧夫人，应该等他来提才是。假如他不提此话，那么她会说说母亲，甚至也许可以谈论一下升入巴尔托奇办公室的可能性，如果有职位空缺，并且她通过簿记考试的话。她听到脚步声向门厅而来，知道自己还有一个选择。她可以谦卑地出现在他面前，隐晦地表达一种可怜兮兮的辩解，但什么都不承认，或者她可以向罗丝学习，像罗丝那样挺直脊梁，跟弗勒德神父义正词严，好似完全不可能做错事。

弗勒德神父走进屋子时显得有些不安，没有立刻与她对视。

“神父，我希望没有打扰到您。”她说。

“啊，没有，完全没有。我在看报纸。”

她知道眼下要紧的是抢在他前面开口。

“我不知道您是否收到过我母亲的信，不过我收到过，她似乎状况不大好。”

“真遗憾，”弗勒德神父说，“我也确实觉得这对她来说很艰难。”

他望着她的样子，是想让她知道他还有弦外之音，她母亲的难处不仅因为失去了罗丝，还因为有个会把男人带进房间过夜的女儿。

艾丽丝也注视着他，沉默了好一会儿，足以令他知道，她不仅明白了他的弦外之音，还没打算深思。

“您知道的，我希望下个月能通过考试，那意味着我能拿到证书。我已经存了些钱，我想回一次家，就去看看母亲，巴尔托奇能让我免薪请假多久，我就请假多久。还有，我和其他好几位房客一样，和基欧夫人关系不好，我从爱尔兰回来时，会考虑换一个住处。”

“基欧夫人人很好的，”弗勒德神父说，“现在没那么多爱尔兰人的租房了，以前倒是不少。”

艾丽丝没有回答。

“那么你想要我去和巴尔托奇谈谈？”他问，“你要走多久？”

“一个月。”艾丽丝说。

“你还会回来在营业区工作，直到有办公室的位置空出来？”

“是的。”

他点点头，似乎心有所思。

“你要不要我也去和基欧夫人谈谈？”他问。

“我以为您已经谈过了。”

“罗丝死后没再谈过，”弗勒德神父说，“我不确定那之后有没有见过她。”

艾丽丝端详着他的神情，不知此言是真是假。

“你没法和她相处吗？”弗勒德神父问。

“我怎么做得到？”

“她可是非常喜欢你。”

艾丽丝没说话。

“我对你说，”弗勒德神父说，“只要你和基欧夫人好好相处，我就去摆平巴尔托奇。”

“我怎么做得到？”她重复了一遍。

“对她好些。”

在见到弗勒德神父之前，艾丽丝并没有想过要回家过一段时间。但一旦说出口，也并不见得荒谬，而弗勒德神父也同意，于是就提上日程，成为她决心去做的一件事。第二天午餐时间，她去了旅行社，了解跨大西洋班轮的价格。她会等到考试成绩出来再走，回家一个月，但来去都需要五六天，因此陪伴母亲的时间只有两周半。

虽然那周周末她写信给母亲，但并没有提到回家的计划。某天她在商店部门看到弗勒德神父，就知道他是为她而来，因为他走过去时朝她眨了眨眼，她希望能尽快得到消息。

星期五舞会后托尼送她回家，她收到一封从弗勒德神父那里邮来的信。基欧夫人很快来到厨房，说她要煮茶，希望艾丽丝陪她喝茶。艾丽丝热情地朝她一笑，说她很乐意，接着去了自己房间拆信。弗勒德神父说，巴尔托奇会给她一个月的无薪假，时间要和福尔蒂尼小姐商议，另外，如果她通过考试，他们想在半年后给她办公室的职位。她把信留在床上，上楼发现她的茶快斟好了。

“如果我把地下室大门的锁拿走，你觉得安全吗？”基欧夫人问她，“我不知道该怎么做，就问了好心的马尔霍尔警官，他妻子和我一起打牌的，他说他会让手下的警察多留点神，一有风吹草动就报告。”

“哦，这主意太好了，基欧夫人，”艾丽丝说，“您下次见到他，应该代表我们所有的人感谢他。”

她希望法律考试和上次一样简单。她对自己其他科目的成绩都挺满意。毕业考试的一部分是要求学生写出一个公司常年运行的细节——租金、供热、电费、工资、机器和其他设备的折旧、负债、投资和税务。另一方面，还有销售，各方面的收益，包括批发和零售。这些都要正确地写入分类账的栏目，这工作得做好，到了年度例会时，董事会和公司股东会希望从分类账上看到清晰明了的盈亏情况。他们被告知，如果这场考试不及格，那么即使其他卷子做得不错，也没法毕业，还得重考。

考试前一天傍晚，托尼送艾丽丝回家时，她把自己想在考试成绩出来后回家一个月的计划告诉了他。她终于写信告诉母亲了。托尼什么都没说，但走到基欧夫人家时，他要她陪他绕着街区走一圈。他脸色苍白，神情严肃，说话时没有正视她。

他们离开基欧夫人家后，他坐在无人的台阶上，她则倚着廊柱。她知道她这么一走，他一定会难过，她已经准备好一番话，说他家在布鲁克林，不会知道离家是种什么感觉。她想告诉他，如果设身处地，他也会回家的。

“你回去之前嫁给我吧。”他的声音低不可闻。

“你说什么？”她走到台阶旁坐在他身边。

“如果你走了，就不会回来了。”

“我只去一个月，我说过。”

“回去之前嫁给我。”

“你不相信我会回来。”

“我看过你哥哥的信。我知道你回去后再来有多难。我知道我也会很难。我知道你是好人。我会生活在恐惧中，害怕收到你的信，说你母亲没法一个人住。”

“我答应你我会回来。”

每次他说“嫁给我”，他就移开视线，好似在喃喃自语。这次他转身明确地看着她。

“我不是说去教堂，也不是说我们像夫妻那样同住，而且我们不需要告诉别人。只是你我间的事，你回来后，我们可以再去教堂结婚。”

“那样就能结婚？”她问。

“当然能。你先请假，我来列个事项表。”

“你为什么要我这么做？”

“这只是我们之间的事。”

“但你为什么要这么做呢？”

他开口时眼中含泪，“因为如果我们不这么做，我会发疯的。”

“我们谁都不告诉？”

“谁都不。我们只用半天假就行。”

“我要戴戒指吗？”

“你想戴就戴，不想戴也没关系。只要你愿意，这些都只有你知我知。”

“这样的许诺会不一样吧？”

“只要你能许诺，那就不难。”他说。

他安排了她考试后的一日，于是他们便开始做准备，填表格。那天前的星期天，她照常去他家用午餐。她一坐下来，就发觉托尼已经告诉了母亲，或是母亲猜到了什么。桌上换了新桌布，母亲的衣着打扮也显示这是一个不同寻常的时刻。托尼父亲和三个弟弟进来时，她看到他们都穿着外套，打了领带，他们一般不这么打扮。他们坐下来吃饭，她注意到弗兰克刚开始是难得的安安静静，后来每次想开口，都被其他人打断。

他吃饭时好几次欲言又止，艾丽丝终于请他畅所欲言。

“我们都搬到长岛后，”他说，“等你在那里有了房子，你能不能让他们给我留个房间，如果他们都欺负我，我就来住在你那儿。”

艾丽丝看到托尼垂下了头。

“当然了，弗兰克，你想来就来。”

“我就想说这个。”

“成熟点，弗兰克。”托尼说。

“成熟点，弗兰克。”劳伦斯也说。

“是啊，弗兰克。”莫里斯接道。

“看到了吧？”弗兰克对艾丽丝指了指他的三位兄长，“我就得忍受这些。”

“别担心，”艾丽丝说，“我会摆平他们。”

吃完饭，上了甜点，托尼父亲拿出几个专用酒杯，开了一瓶普罗赛科白葡萄酒。他提议大家为艾丽丝祝酒，希望她平安回家，平安归来。她心想，结婚的事，难道托尼什么都没说吗，这只是因为她要回家一个月？但她也觉得这事不会让弗兰克知道，除非他偷听到了。也许这顿特别的午餐只是为她送行而已。

甜点后，气氛很好，她几乎开始希望他已经把结婚的事说了。

她走之前一周，他安排了下午两点钟举行仪式。考试很顺利，她几乎确信自己能合格。因为其他来结婚的夫妇都有家人和朋友参加，他们的仪式就显得轻忽而仓促了，他们只来了两个人，这也在等待的人群中引起了好奇。

那天下午，他们坐地铁去科尼岛，托尼第一次提到他们何时能去教堂结婚，住在一起。

“我存了钱，”他说，“所以我们能先住进公寓，然后等准备好了，再搬进房子。”

“我无所谓，”她说，“我希望现在我们能一起回家。”

他摸了摸她的手。

“我也是，”他说，“这枚戒指戴在你手上真好看。”

她低头看戒指。

“在基欧夫人看到之前，我最好拿下来。”

大海翻浪，一片灰色，风吹着滚滚白云掠过天空。他们在散步道上缓缓走到码头，在那里看渔民，然后走回来，在内森店里吃热狗。艾丽丝发现旁边一张桌子上有个人正在看她的婚戒，她默默笑了。

“我们要把这事告诉我们的孩子吗？”她问。

“等我们老了，故事也讲完了，也许可以，”托尼说，“或者我们把它留到某个纪念日再说。”

“他们会怎么想呢？”

“我带你去看的电影叫《纽约丽人》，他们会相信这点，但要是看完电影，我们坐地铁回家，我把你扔在基欧夫人家门口，他们就不会信。”

他们吃完后，一起走向地铁站，等待地铁把他们带回城市。

第四章

母亲带艾丽丝去看罗丝的卧室，卧室里充满了早晨的阳光。她说，罗丝把一切都留下了，这里和以前完全一样，包括柜子、抽屉里她所有的衣服。

“我擦了窗子，洗了窗帘，还除尘扫地，但还是原来那样。”母亲说。

房子本身并不陌生，艾丽丝只注意到那熟稔的气息，煮好的食物遗留的味道，背光的阴影，母亲在场的生动感。但她没想到的是罗丝的房间如此安静，她看着一点都不觉得什么。她想母亲是希望她大哭一场，还是特意让屋子原封不动，以便她能更入骨地体会到罗丝之死。她不知该说什么。

“找个日子，”母亲说，“我们把衣服清理一下，罗丝才买了一件冬天的大衣，看看是否适合你穿。她的东西都不错。”

艾丽丝突然感到万分疲惫，想用完早餐就去睡觉，但她心知母亲早就想好了这一刻：她们一起站在门口，审视着这间屋子。

“我有时觉得她还活着，”母亲说，“每当我听到楼上有轻微的动静，我总以为是罗丝。”

吃早饭时，艾丽丝想要多说些话，可是很难开口，因为母亲似乎已把每句话都准备好了。

“我叫人帮你做了个花圈，去放在她坟上，如果花圈做好，我们过几天就出门，还要通知他们去把罗丝的名字和生卒日期刻在你父亲名字下。”

艾丽丝想，如果打断母亲，说出“我已经结婚了”，会发生什么呢，她觉得母亲会听而不闻，或者假装她没说过这句话。或者，她想，窗玻璃会碎掉。

直到她终于说自己累了，想躺一会，母亲都没问一句她在美国的事，也没问回家路上如何。母亲似乎预备好了要对她说的话，给她看的东西，也计划好了第一天怎么度过。艾丽丝则预备好了说一说从纽约到科夫的航程，比她从利物浦出发那次顺利得多，她很喜欢在甲板上晒太阳，她还打算把布鲁克林学院考试合格的通知信给母亲看，说她会收到簿记师的证书。她给母亲带的毛衣、围巾和几双袜子，母亲心不在焉地放在一边，说晚些时候再打开。

艾丽丝只想关上她以前房间的门，拉上窗帘，她需要的就是睡觉，虽然前夜在罗斯莱尔港的旅馆里睡得很好。她从科夫镇给托尼寄了明信片报平安，又在罗斯莱尔给他写信说旅途见闻。她很高兴现在不必坐在卧室里写信了，因为房间看起来毫无生气，对她几乎没有意义，这令她害怕。她并没有想过回家后会是什么样子，总觉得这事不难，一直满心期待着这些屋子的熟悉感，以为自己会轻松欢喜地踏进屋子，然而第一天早晨，她就只能数着回去的日子了。这使她格格不入且有负罪感，她蜷缩在床上，闭着眼盼望入睡。

母亲叫醒她，说到吃饭时间了。她想自己约睡了六小时，但还想再睡。母亲说如果她想洗澡的话有热水。她打开行李箱，把衣服挂进衣橱，把其他东西放进抽屉。她找到一条不算太皱的夏季连衣裙，一件毛衣，干净的内衣，以及一双平跟鞋。

她洗过澡，换上干净衣服，来到餐厅，母亲上上下下打量她，略有不满之意。艾丽丝醒悟到也许是她衣服的颜色太过明亮，但她没有暗色的衣服。

“现在整个镇子的人都在问你，”母亲说，“天呐，甚至内莉·凯莉都问起你了。我看到她站在店门口，朝我大吼一声。还有你的朋友都希望你去拜访她们，我说那最好等你安顿下来。”

艾丽丝心想母亲难道一直是这样说话的吗，貌似不欢迎任何回话，然后她突然之间意识到以前很少和母亲单独相处，往往有罗丝站在她和母亲之间，罗丝和她俩都有很多话说，很多话问，还有不断的评论和意见。她想，母亲如今一定很艰难，最好再等几天，看看母亲是否会对自己在美国的生活提起足够兴趣，让她慢慢地引入托尼的话题，告诉母亲她回去后就与他结婚。

她们坐在餐桌前，看了所有的慰问信和弥撒卡，都是罗丝故世后几周内收到的。艾丽丝的母亲印了一张纪念卡，上面有罗丝最为灿烂欢乐的照片，还有她的名字、年龄和卒日，底下和反面有简短的祈祷词。这些要寄送出去。对于那些写慰问信和来家里拜访过的人，还要有特别的笺语或更长的回信。艾丽丝的母亲把纪念卡分成三类，第一类只需要在信封上写名字和地址，信中塞入卡片，第二类她要写便笺或信，第三类由艾丽丝写便笺或信。艾丽丝记不大清楚，父亲去世后是否也做过这些事，但她记得是罗丝负责所有的事，她并没有积极地参与其中。

有几封慰问信，母亲几乎熟记于胸，她还有一个来访者的名单，她絮絮叨叨地逐一说给艾丽丝听，说哪几位来得太勤，待得又太久，哪几位闲话太多，或是说了惹人厌的话。还有远在布雷乡下的母亲的表亲，他们又带来了他们的邻居，穷乡僻壤来的粗人，她只希望再也不要看到表亲和他们的邻居。

接着她说，住在古虚口峡谷的多拉·德弗罗和她妹妹斯塔蒂娅某天晚上来了，她们一直喋喋不休着屋子里其他人没听说过的人事。母亲说，她们给每人发了一张弥撒卡，她会给她们写一封短笺，感谢她们的到访，但不会鼓励她们再度匆忙造访。她还说，诺拉·韦伯斯特也来了，同来的还有在中学教过男孩们的迈克尔，他俩是整个镇上最好的人。她不会介意他们再来，但她觉得他们不会来了，因为身边有小孩子。

母亲读着名单上的其他人，艾丽丝听到陌生的，或是她在美国从未想到过的名字，差点笑出来。母亲提到一个住在佛里附近的老妇人，艾丽丝忍不住说："老天，她还活着？"

母亲露出悲伤的神色，又戴上眼镜，开始找一封她放错地方的信，那是高尔夫俱乐部的队长写来的，说罗丝是优秀的女队员，大家都很怀念她。母亲找到信后，严肃地看着艾丽丝。

艾丽丝写的每一封信和短笺，都得由母亲检查过，她经常要求艾丽丝重写，或在末尾再加一段。在她自己的信里，和艾丽丝的信一样，她强调说，由于艾丽丝已经回家，她有人陪了，不需要更多人上门。

每个人在写下开头一两句后，都以不同的方式来表达慰问，艾丽丝对此甚感讶异。而母亲也尽量变换语气和内容，对号入座地回信给每个人。但这进行得很慢，头一天快过去时，艾丽丝还没去街上，也没时间独处，而工作只做了不到一半。

第二天她发奋干活，好几次对母亲说，如果她们继续说个不停，重读每封信的话，就没法完成眼下的任务了。但母亲不仅是进度缓慢，认为写大部分信的人是她而不是艾丽丝，而且还要艾丽丝读每一封她写的信。她还没法不对那些写信的人发表看法，其中有些人艾丽丝从未见过。

艾丽丝有几回试图改变话题，问母亲她们是否找个下午坐火车去都柏林，或是韦克斯福德。但母亲说再等等，先写完信，寄走，然后清理罗丝的屋子，整理她的衣服。

次日她们吃饭时，艾丽丝对母亲说，如果她再不和朋友联系，她们会生气的。她开了个头，就决定要争取一天的自由时间，而不是写信、题信封及在母亲日益明显而急躁的监督下整理罗丝的衣服。

“我叫人明天送花圈来，”母亲说，“所以我们明天去上坟。”

“嗯，好的，那我明晚去看安妮特和南希。”艾丽丝说。

“你知道，她们来问过你何时回来。我把她们支开了，但如果你想见她们，你就把她们请过来吧。”

“那我现在就做吧，”艾丽丝说，“我给南希写张便笺，她会和安妮特联系。南希现在仍然在和乔治约会吗？她说他们已经订婚了。”

“我会让她把所有的事全告诉你。”母亲说着笑了。

“乔治可是个金龟婿，”艾丽丝说，“而且长得也帅。”

“哦，那我可不知道，”母亲说，“他们在店里把南希当用人一样，谢里登老夫人可是贵人，我不会为她花一点时间的。”

一到街上，艾丽丝顿感轻松，这是个美丽而暖和的傍晚，她能高高兴兴地走上数英里。她发现有个女人在看她的连衣裙、长筒袜和皮鞋，接着又打量她晒黑的肤色。她往南希家走去，有趣地意识到自己在街上一定看起来很时髦。她摸了摸手上原本戴婚戒的地方，决定晚上等母亲睡觉后给托尼写信，明早趁母亲不知道时把信寄走。她想，如果母亲没看过给罗丝的那些信，也许会有好办法让母亲慢慢地知道这个秘密，美国有个对她意义特别的人。

次日，她们带着花圈去了墓地，遇到认识的人就停下来说话。他们都说艾丽丝很出众，但也没捧得过火，因为都看出她正和母亲去她姐姐的墓地。

她们走到墓园的主道上，向家族墓地走去，这时艾丽丝完全明白了自己一直有多么害怕这事。她为自己前几天对母亲生气而感到内疚。她放慢了步子，挽着母亲的臂膀，另一只手提着花圈。她们走向墓地时，墓园中有几人站着看她们。

那边还有一个快枯萎的花圈，母亲把它挪开了，然后站在艾丽丝身边，面对墓碑。

“罗丝，”母亲静静地说，“艾丽丝来了，她回家了，我们给你带来了鲜花。”

艾丽丝不知母亲是否想要她说几句，但她已经哭了起来，不确定自己说的话是否能被听懂。她握住母亲的手。

“我在为你祈祷，罗丝，我想你，”艾丽丝低声说，“我希望你也在为我祈祷。”

“她在为我们所有的人祈祷，”母亲说，“罗丝在天堂里为我们祈祷。”

她们默默站在墓前，艾丽丝想到罗丝躺在地下，被黑暗包围，觉得无法忍受。她努力去想姐姐的生前，她眼中的光彩，她的声音，她感到寒冷时在肩头披一件毛衣的样子，她对待母亲的态度，她让母亲对她和艾丽丝生活的方方面面都感兴趣，好像母亲也有同样的朋友、同样的爱好、同样的经历。艾丽丝念着罗丝的灵魂，不去想在潮湿的地下，罗丝的遗体会变成什么样子。

她们从夏山路步行回家，取道绿集路到了后街，因为母亲说她那天不想见到任何人，但艾丽丝觉得她是不想让任何人见到艾丽丝，免得他们邀她出去，或随时会让她离开母亲身边。

那天傍晚，南希和安妮特登门，艾丽丝立刻注意到了南希的订婚戒指。南希说两个月前她已和乔治订婚了，她没有写信给艾丽丝是因为罗丝的事。

“但如果你能来参加婚礼就太好了。你母亲也会高兴的。”

“婚礼是什么时候？”

“六月二十七日，星期六。”

“但我要回去了。”艾丽丝说。

“你母亲说你会留在这里，她以你们俩的名义接受了邀请。”

母亲端着托盘、杯碟、一壶茶和蛋糕走进房间。

“你们来了，”她说，“看到你们俩真好，房子里也有了点生气。可怜的艾丽丝被她老妈烦死了。我们期待着参加婚礼，南希。我们要办最好的婚礼，罗丝也是这么希望的。”

别人没来得及开口，她就离开了房间。南希瞅着艾丽丝耸了耸肩，“这下你得来了。”

艾丽丝在心里算了算，婚礼的日子是她计划归程的四天之后，她也记得布鲁克林的旅行代办处说只要她提前通知轮船公司，就能改日期。于是她决定再多待几周，希望巴尔托奇没人会强烈反对。对托尼解释很容易，就说母亲搞错了她回去的日子，虽然艾丽丝自己都不相信母亲会搞错任何事。

“莫非纽约有人急着等你回去？”安妮特问。

“比如基欧夫人，我的房东。”艾丽丝说。

她知道自己还没有信心去向任何一个朋友说这件事，尤其是当她们这样聚在一起的时候，她不想让她们知道太多。如果她说了，很快就会发现她们其中一位的母亲来告诉她母亲，艾丽丝在纽约有男友了。她想最好还是不要说，只谈衣服、学业、其他房客和基欧夫人。

她们则轮流告诉她镇上的新闻，谁和谁约会了，谁打算订婚了，最新的消息是关于南希的妹妹，圣诞节后，她与吉姆·法雷尔时分时合，但最终与他分手，并且又有了一位来自弗恩斯的新男友。

“她鼓起勇气和吉姆·法雷尔分手，”南希说，“吉姆对她很粗鲁，就像他那晚对你一样，你还记得他是多么粗鲁吗？我们都在赌钱了，赌我妹妹不会和他分手。但她分了。她受不了吉姆，说他太讨厌了，虽然乔治说只要了解他，就会知道他是个好人，乔治是吉姆的同学。”

“乔治很厚道的。”安妮特说。

南希说，吉姆·法雷尔会作为乔治的朋友来参加婚礼，但她妹妹想邀请她那弗恩斯的男友。说了一番关于男友和婚礼打算的话后，艾丽丝意识到，假如她告诉南希或安妮特她的秘密婚礼只有自己和托尼参加，她们定会瞠目不解。这太不可理喻了。

之后数日，艾丽丝在镇上走动，到了星期天，她与母亲去参加十一点钟的弥撒，大家都说她衣服漂亮，发型成熟，皮肤黝黑。她设法每天与安妮特或南希见一次面，或是两个一起见，并提前告诉母亲她要做什么。第二周的星期三，她对母亲说，如果没问题的话，她明天一过中午就要和乔治·谢里登、南希、安妮特去克拉克劳，母亲要她取消傍晚的外出计划，开始整理罗丝的东西，决定哪些留下，哪些送人。

她们把挂在衣橱里的衣服拿出来放在床上。艾丽丝想声明她并不需要姐姐的衣服，最好是将所有的东西捐献给慈善机构。但母亲已经理好了罗丝的冬大衣，这些很快就用得上了，还有好多件连衣裙，她说改一改艾丽丝穿就合身了。

“我行李箱不大，”艾丽丝说，“这外套很漂亮，但颜色对我来说太暗了。”

母亲忙着整理衣服，装作没听到。

“我们明天早上把连衣裙和外套拿到裁缝店去，尺寸改好，看起来就不一样了，会适合你新的美国身材。”

这次轮到艾丽丝不理母亲，她打开斗柜最底层的抽屉，把里面的东西倒在地板上。她想在母亲之前，找到她写给罗丝的信，如果这些信在这里的话。里面有很早的奖章和小册子，甚至还有发网发夹，都多年未用了，还有折叠的手绢和一些相片，艾丽丝都放到一边，还有大量高尔夫球的记分卡。但无论是抽屉还是其他地方，都找不到信。

“大多数都是垃圾，妈，”她说，“把相片留着，别的扔了吧。”

“喔，我得看一下再说，你先过来，帮我把这些围巾叠起来。”

次日早晨，艾丽丝拒绝去裁缝店，终于对母亲摆明她不想穿罗丝的连衣裙和外套，不管这些衣服如何雅致，多么值钱。

“那你要我扔了它们吗？”

“很多人会喜欢的。”

“它们配不上你？”

“我有自己的衣服。”

“好吧，我放在衣橱里，免得你又改变主意。你可以送人，然后在礼拜天弥撒时发现你不认识的人穿着它们，那可好极了。”

艾丽丝在邮局买了足量的邮票和寄往美国的特定信封。她给托尼写信说要多待几周，又给轮船公司写信换了班轮日期。她想等到临近归期时，再通知福尔蒂尼小姐和基欧夫人她要晚归，不知以生病为借口是否妥当。她告诉托尼，她去了罗丝的墓地，还说了南希订婚的事，她一直把戒指带在身边，独自一人时就会想他。

中午，她往包里放了浴巾、泳衣、拖鞋，去南希家，乔治·谢里登会去接她们。上午天气很好，空气芬芳，无风而且很热，她们等乔治时，屋里闷热不堪。她们听到旅行车喇叭声，他一向如此提醒自己的到来，于是她们出去了。艾丽丝惊讶地看到吉姆·法雷尔，他替她开门，坐到她身边，南希则坐在前排乔治身边。

艾丽丝对吉姆冷淡地点点头，尽量坐得离他远些。上个星期天，她在弥撒时看到他，但故意没与他打照面。他们开出镇子时，她意识到一起去玩的是他而非安妮特，不由生气南希没告诉她。她确信如果自己一早知晓，会取消这次出行。车子沿着奥斯伯内路开向醋山，再右转前往克拉克劳，乔治和吉姆开始讨论橄榄球赛，艾丽丝更郁闷了。她考虑着是否要打断这两人，告诉他们在布鲁克林也有一座醋山，但与俯瞰恩尼斯科西的这座全然不同，虽然那座就是因为这座而命名的。她想随便说些什么来让他们住嘴。但她决定还是别跟吉姆·法雷尔说话，压根无视他，每每谈话中有空隙，她就发起一个他没法插嘴的话题。

乔治停好车后，和南希一起率先沿着沙丘上的步行道朝海边走去，吉姆·法雷尔悄声对艾丽丝说话，问候她母亲，说他和他父母参加了罗丝的葬礼弥撒。他说他母亲在高尔夫俱乐部很喜欢她。“总之，”他说，“镇上很久没发生过如此令人伤心的事了。”

她点点头。心想，如果他希望她能对他生出好感，她会立刻让他知道这不可能，但眼下还不是时候。

“回家很不容易吧，”他说，“虽然对你母亲来说是好事。”

她转身朝他苦笑一声。他们一直走到沙滩，跟上乔治、南希，都未再搭话。

吉姆没带浴巾、泳衣，说海水可能太冷。艾丽丝瞧了瞧南希，接着锐利地瞟了吉姆一眼，并让南希看到。吉姆脱下鞋袜，卷起裤腿下水，另外三人开始换泳衣。艾丽丝心想，如果是几年前，从恩尼斯科西一路过来，她就一定在担忧她的泳衣和款式了，她身材是不是不够好，在沙滩上是不是很难看，乔治和吉姆会怎么看她。但如今，她已经在和托尼同去科尼岛时以及在船上晒黑了，她有种莫名的自信。她走下沙滩，踩着水经过吉姆·法雷尔身旁，没对他说一句话，她蹚开去了，第一个大浪过来时，她穿入浪中，又浮起在浪后。

她知道他正望着她，走过他身旁，想到真该泼他一脸水，她就忍俊不禁。她倏然想到这事可以告诉罗丝，罗丝定会喜欢，但随即就感到一种近乎疼痛的遗憾，罗丝已死，诸如此类的事情，普通平常的事情，她再也不会知道了，对她来说已无所谓。

后来南希和乔治一起朝巴里肯尼加走去，艾丽丝和吉姆跟在后面。吉姆开始问她关于美国的事。他说他有两个舅舅在纽约，他曾经以为他们身处曼哈顿的摩天大楼之间，后来才知道他们距离纽约城两百英里。他说，他们是在纽约州，住的那个村子比班克洛迪还小。她告诉他，有位曾是姐姐朋友的神父，鼓励她去那里，并给了她帮助，他问了神父的姓名。她说那是弗勒德神父，吉姆·法雷尔说他父母跟他很熟，她不由一怔。他记得他父亲曾经在圣彼得村和弗勒德神父一起住过。

再后来他们开车去了韦克斯福德，在塔尔伯特酒店吃饭，婚宴即将在此举行。他们回到恩尼斯科西后，吉姆邀请他们去他父亲的酒吧喝杯酒再回家。他母亲在吧台后服务，知道他们出游的事，对艾丽丝热情有加，艾丽丝差点不好意思了。他们回去前，约定下个星期天再这样玩一次。乔治说也许可以从克拉克劳开车去考敦镇参加舞会。

艾丽丝没有弗莱瑞街房子的前门钥匙，只得敲门，希望母亲尚未睡下。她听到母亲慢悠悠地来应门，想她大概是在厨房。母亲花了些时间开锁，拉开门闩。

“喔，你回来了，”母亲笑着说道，“我要给你一把钥匙。”

“希望没吵醒你。”

“没，我看到你出门，就想你会晚归，但现在还不算太晚，还有天光呢。”

母亲关了门，带她到厨房。

“好，说说吧，”她说，“玩得开心吗？”

“很不错，妈，我们去韦克斯福德吃饭了。”

“吉姆·法雷尔没那么讨厌吧？”

“他还好，挺有礼貌的。”

“喏，有件大事，大卫公司来找过你，他们有麻烦了，明天所有的卡车司机都要拿工资，还有所有的磨坊工人，但一个姑娘度假去了，爱丽丝·罗奇病了，他们走投无路时有人想到了你。他们要你明早九点半过去，我说你会去的。这种时候答应比不答应好。”

“他们怎么知道我在这儿？”

“显然整个镇子都知道你在这儿。我明早八点半把你的早餐放在桌上，你最好穿上像样的衣服，别太美国腔调了。”

母亲露出满意的笑容，这令艾丽丝感到安心，过去几天中，她害怕母女之间的沉默，对母亲不愿谈论她美国生活的细节而心怀怨怼。她们在厨房里说南希、乔治、婚礼，打算下星期二去都柏林买一套参加婚礼的行头，商量着给南希买什么结婚礼物。

艾丽丝上楼时，第一次感觉在家不那么忐忑了，还有点儿期待明日去大卫公司结算工资，然后去度周末。她脱衣服时看到床上有封信，一眼便认出是托尼的，他把姓名和地址写在信封上。一定是母亲放在这儿的，而且还一字不提。她警醒地拆信，不知他是否出了意外，但读了第一句便放下心，他说他爱她，很思念她。

她读着信，便想拿下楼念给母亲听。语调刻板、正经、老式，显然对方很少写信。但托尼将自己融入其中了，他的温暖、善良、积极向上。她想，信中还包含了一些他身上永恒的东西，那是一种感觉：如果他一转身，她就会消失。那天下午，她在嬉水，天气暖和，南希、乔治陪伴在身边，甚至到了后来还有吉姆，那时她远离托尼，沉浸在突然熟悉起来的舒坦之中。

她此刻希望未曾与他结婚，并不因为她不爱他，不想回到他身边，而是因为没有告诉母亲和朋友使得她在美国度过的每一天都好似一场梦，没法与她在家中度过的时光相提并论。她有种奇怪的感觉，仿佛自己分裂成了两个人，一个奋斗过布鲁克林的两个冬季和许多艰难时日，并在那里陷入爱河，另一个是她母亲的女儿，是大家都认识或是大家都以为认识的那个艾丽丝。

她想立刻下楼，将她的事告诉母亲，但她知道不能。相比之下，说布鲁克林需要她回去工作，并在回去后写信说自己遇到了一个她爱的男人，希望能与他订婚并结婚，要来得容易得多。她只能在家待上几周了。躺在床上时，她想还是充分利用这段光阴，别下大决心弄出一段插曲为好。这样待在家里的机会以后也许不再有。她想，明早她早早起床，给托尼写信，并在去工作的路上寄走。

早晨，艾丽丝很难不去想自己是罗丝的影子，母亲在同一时间，以同样的方式给她上早餐，对她说话，赞美她衣服的话也和以前对罗丝说的一模一样。接着她轻快地去上班了。她走的是与罗丝相同的路，她放缓了步子，不让自己像罗丝那样迈出优雅果断的步伐。

在公司，罗丝曾说起过的玛丽亚·葛辛斯在等艾丽丝，并将她领到内室存钱的地方。玛丽亚说，眼下的问题是现在是忙季，所有的卡车司机和磨坊工人上周都加班了。他们超时工作，但没人算过他们应得多少钱，那应该做在一张特制的表格上，并加到他们的常规工资中去，常规工资是另一份表格，是工资单。玛丽亚说，这都还没有按字母排序。

艾丽丝说，如果玛丽亚能让她独自处理两小时，理清加班费的情况，她就会做出一个规范来，只要她有问题就能问玛丽亚。

她说她最好独自干活，但略有疑问就会向玛丽亚请教。玛丽亚说她会把门关上，让她在公司里不受打扰，出门时又说工人们一般是五点左右来领工资，而工资都放在保险箱中。

艾丽丝找了个订书机，把每人的加班表与常规工资单订在一起，然后按字母顺序排列。做完后，她检查了每一份加班表，从比率表里进行计算，工龄、职位、欠款都有很大影响，随后将这些加到工资单上，最后每个人都得到一个数字。她把数字写成单独的一列，再合计出所有的欠款。进展顺利，因为数据都很清晰，她觉得只要她注意不在加法上犯错，并且保险柜里有足够的零钱和硬币，就能完成这项工作。

她午休了片刻，对玛丽亚说她不需要任何帮助，只要一沓信封，如果零钱不够的话，还要一个人开保险柜并跑去银行或邮局换零钱。到了四点，她全都做完了，钱款的总额与她最初的合计相符。她给每人发了一个信封，里面的工资单上注明细目，并在公司的文案里留档。

她在巴尔托奇营业区站柜台时，看着白领们进进出出，她则对顾客们说咖啡色的袜子适合浅色皮肤，红狐牌的袜子适合深色皮肤，心中梦想着的便是这样的工作，或是在布鲁克林学院上课和准备考试时，想的也是这样的工作。她知道一旦与托尼结婚，她就会待在家里，打扫房间，做饭，采购，养育小孩。她从未对托尼说过，她想一直工作，哪怕只是兼职也好，也许只是在家中替需要簿记员的人做会计。在巴尔托奇，她觉得办公室里的女人都还没结婚。在大卫公司的一天快结束时，她想自己也许可以为托尼和他兄弟合办的公司做会计。她正想着，便发觉上午忘了给他写信，决定晚间抽空写。

星期天，午餐后，天气依旧暖和，乔治、南希和吉姆的车停在弗莱瑞街她家门口。她上车时，吉姆为她打开后门。他穿着白T恤，袖子卷起，她瞧见他胳膊上的黑毛和白肤。他抹了发油，她觉得他着实在着装上下了番功夫。离开镇子后，他静静地对她说昨晚酒吧的情况，他很幸运，虽然父母把事情交给他，但他想出去玩时，他们还是愿意把活儿接过去。

乔治说克拉克劳可能人太多，他建议去古虚口，从山崖上开车下去。这是艾丽丝小时候与罗丝还有父母和哥哥们一起走过的路，她已多年没去那里，也未曾想过。他们经过黑水村时，她差点要指出那些她认识的地方，诸如达维斯夫人酒吧，她父亲常在傍晚去那里，还有吉姆·欧内尔百货店。但她忍住了。她不想让自己显得像一个离乡背井多年的人。她觉得自己再也不会在一个夏日星期天看到这些景致了，但对其他人而言无非如此罢了，只不过是乔治做了决定去更僻静的场所而已。

她确信只要自己说起她对这些地方的记忆，他们就会发觉异样。但她只是默默望着每座建筑物，回忆往事：和杰克去镇上短途旅行，或是某天他们的多勒斯表亲们来访。车子翻过山丘，转向巴里肯尼加，她想着想着便沉默了，从车中的安适和欢乐中退开。车子拐弯向左，驶上了通往古虚口的沙路。

停好车后，乔治和南希朝悬崖走去，吉姆和艾丽丝跟在后面。

吉姆提着自己的泳裤、浴巾，也帮她拿装在包里的泳衣和浴巾。他们走到半路，在卡伦斯家停了一会，大门口，吉姆以前的老师雷德蒙先生正头戴草帽坐在那里，显然正在度假。

“这可能是我们最后的夏天了，老师。”吉姆说。

“那么好好利用吧。”雷德蒙先生说。艾丽丝发觉他说话有些含糊。

他们继续往前走，吉姆低声说，雷德蒙先生是他唯一喜欢过的老师，可惜中风了。

“他儿子在哪里？”艾丽丝问。

“埃蒙？我想他在读书吧。他总是在读书。”

他们来到沙路尽头，朝悬崖下望，看到下面的海水平静无浪。靠近海岸的沙滩呈深黄色。一列海鸟在海面上低低翱翔，波涛轻轻起伏，悄无声息。海平面和天空之间浮着一层雾气，天色湛蓝。

乔治跑下悬崖口最后一段沙滩，在那里等南希跟上来，将她拥在怀中。吉姆也这么做，他追上她后，拥抱了她一下，这太过亲密，而他的动作仿佛他们经常如此一般。她刹那间颤抖地想到托尼正看着她。

他们在沙滩上铺了两条毯子，吉姆脱下鞋袜，去试了试水，回来说有点暖意，比上次的好多了，他打算换了衣服去游泳。乔治说他也去。他们约定谁最后下水就请客。南希和艾丽丝穿上泳衣，但仍坐在毯子上。

“他们有时就像两个小孩。”南希说道。她们望着乔治和吉姆在海里嬉闹。“如果有个球，他们能玩上一个小时。”

“安妮特怎么了？”艾丽丝问。

“我知道如果说星期四吉姆会来，你是不会来的，我也知道你不会和我还有乔治来，所以我说安妮特会来，这是个善意的谎言。”南希说。

“吉姆的态度怎么变好了？”

“他只有紧张时才会脾气坏，”南希说，“他不是故意的，他的心很软，而且他喜欢你。”

“什么时候开始的？”

“自从上星期天他在十一点钟弥撒看到你和你母亲在一起。”

“你能帮我个忙吗，南希？”

“什么？”

“你能跑过去告诉吉姆，叫他来一次助跑跳吗？或者最好是去告诉他，你认识一个住在小池塘边的人，问他为何不去拜访一下呢。”

她们都笑倒在毯子上。

“结婚的事你都准备好了吗？”艾丽丝问。她不想再听到吉姆·法雷尔。

“都准备好了，除了我那未来的婆婆，她每天都有新主意，要这个，不要那个。我妈说她是个讨厌的老势利鬼。”

“嗯，就是啊。”

“我会给她颜色看看，”南希说，“不过要等到婚礼后。”

乔治和吉姆回来后，四人漫步沙滩，两个男人跑在前头，把自己吹干。艾丽丝好笑地看到他们的泳裤又紧又薄，没有一个美国人会在沙滩上穿成这样，科尼岛上也不会有人像这两位一样毫不自觉地跑动，他们沿着涌潮线在硬邦邦的沙滩上笨拙地跑向前，似乎没有意识到正被两个女人看着。

沙滩上没有旁人，艾丽丝明白了为何乔治选择这个偏僻之所。他和吉姆，也许还有南希，一起策划了一个完美的一日游，让她和吉姆可以像南希和乔治这对一样亲密起来。他们回来后，吉姆又开始与她说话，让另一对走在前面，她发觉自己喜欢他高大而随和的身影，他的声音和语调，这都是在小镇的街道上自然生长出来的。他有一双清澈的蓝眼睛，目光浑然无邪。她十分清楚这双蓝眼睛停留在她身上时，对她的兴趣是毫无疑问的。

想到自己大体可以接受，她不禁笑了。她是在度假，这对她并无害处，但她不会像他女朋友一样和他到海里去。她理智地想到，她不能这么做，否则会没法面对托尼。她和吉姆旁观乔治和南希在浅水里戏耍，双双朝波浪走去。吉姆说我们也去吧，她摇摇头，走在他前面。他赶上她时，她心想如果是她听说托尼在某个和现在一样的日子去了科尼岛，带着一位朋友和两位年轻女士，他还与其中一位单独漫步沙滩，她会是什么感觉。她想托尼是绝不会这么做的。他们走回置放行李处，吉姆为她铺平了毯子，仍只穿着泳裤，在暖洋洋的太阳下，笑着坐到她身旁，她想，托尼若是听到一点儿风声，都会受不了的。

“我父亲说，这里的海岸被侵蚀得很厉害。”他说话的语气就像已经聊了一会儿了。

“几年前，我们会在小屋里住上一两星期，小屋是迈克尔·韦伯斯特和诺拉买的。我们租下的时候，我记不得产权是谁的了。每年夏天过来，都会发现又变了不少。”她说。

“我父亲说，他记得你父亲几年前在这里待过。”

“他们都曾经骑车从镇上过来。”

“布鲁克林附近有沙滩吗？”

“哦，有的，”她说，“夏天周末他们常常成群结队地过去。”

“我说你在那里见识过各种人了吧？”他说话语气很肯定。

“各种各样的。”她说。

他们有一会儿没说话，艾丽丝坐起来望着南希浮在海面上，乔治在她身边游泳。吉姆也坐起来看他们。

他静静地开口，“我们也下水去吧？”

艾丽丝等着他说这句，也准备说不。如果他一味坚持，她甚至会说自己在布鲁克林已经有人了，她会回到那人身边。然而他这句话语气却很委婉，仿佛很容易受到伤害。她想这是否在演戏，但他望着她的眼神如此柔弱，她一时难以下定决心。她明白假如自己拒绝，他会垂头丧气地独自下水，她不想看到这副光景。

“好吧。”她说。

他们蹚进水里，刹那间他握住了她的手。但是波浪卷过来时，她从他身边离开，毫不犹豫地游开去了。她没有回头看他是否跟上，只是不停地游，她知道南希和乔治在亲吻拥抱，就避着他们，也避着吉姆·法雷尔。

吉姆虽然泳技很好，但没有一开始就追随她，而是沿着沙滩仰泳，留她一个人在那里，她颇为欣赏他这样。她很享受海水，想起了它曾经的纯净与平和。她在水里浮浮沉沉，望着蓝天，蹬着水让自己浮在水面，吉姆过来了，但没有触碰她，也没靠太近。与她目光对视时，他笑了。如今他做的每件事，说的每句话和每个动作，都仿佛蓄意为之，三思而行，为的是不惹恼她，也不显得过度急切。正是由于这种顾虑，他对她的兴趣也表露无遗。

她知道不能任由事态如此迅速地发展，第一次出去后，她就应该告诉南希，她得在家陪伴母亲，或是与母亲一起外出，没法再与南希、乔治和吉姆·法雷尔出游了。她想过是否要把实话告诉南希，但不和盘托出，只说她回布鲁克林后会立刻订婚。但她又觉得最好还是什么都别说。无论如何她很快就要回去了。

她和他一起出水后，乔治准备好了照相机。南希在一旁看着，吉姆站在艾丽丝身后，胳膊围着她。她感觉到他身上的热度，他的身子和她靠在一起，乔治拍了几张他们的合影，吉姆也给乔治南希拍了同样姿势的合影。不久，他们发现有人从北面的凯丁斯过来，他们就等在那里，乔治指点这位陌生人如何使用相机，请他帮他们四个拍合影。吉姆的举动似乎漫不经心，但艾丽丝觉得他做的每一件事都不是随意而为，因为她更清晰地感觉到他在她背后的分量了。他很注意地没有像乔治对南希那样靠着她。她没觉得他的裤衩碰到她。那样的话就太过分了，她相信他不会冒这个险。拍照结束后，她回到毯子处，换了衣服躺在阳光下，直到其他人准备离去。

回恩尼斯科西的路上，他们决定去考敦镇酒店的简易餐厅吃饭，乔治说餐厅会开到九点，然后去跳舞。乔治取笑南希问她要准备多久，南希说她和艾丽丝在泡过海水后得去洗头发。

“那么洗快些。”乔治说。

“快不了。”南希说。

吉姆看看艾丽丝笑了。

“老天，他们还没结婚就开始吵嘴了。”

“这吵得可没错。”南希说。

“她说得对。”艾丽丝说。

吉姆柔情款款地伸手握了握她的手。“我知道你们都没错。”他的语气中充满自嘲和挖苦，免得自己像是在讨好她。

他们约好七点半见。艾丽丝洗头时，母亲检点了她所有的裙子和鞋。她准备了熨衣板和熨斗，以备发现裙子有皱褶时使用。艾丽丝头上裹着毛巾出来时，看到母亲选了一条蓝色绣花裙，这是托尼最喜欢的，还有一双蓝色皮鞋。艾丽丝差点要告诉她自己不能穿这个，但她意识到任何解释都会招致不必要的紧张，于是她穿上了。母亲似乎并不抱怨要独自度过这个夜晚，相反很为艾丽丝打扮外出而兴奋。艾丽丝用罗丝的电吹风在头上做发卷时，她就熨衣服。

乔治和吉姆都是从橄榄球赛上认识考敦镇酒店的老板，他们定了一张特制的餐桌，有蜡烛、葡萄酒、带香槟酒的特别菜单。艾丽丝发现其他顾客朝他们看，仿佛他们是餐厅里最重要的人。乔治和吉姆都穿着运动外套和法兰绒裤子，戴着领带。艾丽丝看着南希认真地看菜单，点她的食物，对她有了一番新的认识：她比以前更优雅了，她对侍者态度庄重，若是在几年前，她定会抬起眉毛对侍者的夸张表示惊讶，或随口说几句亲切的话。艾丽丝心想，她不久便是乔治·谢里登太太，这在镇上也是种身份了。她已经开始兴致勃勃地扮演这个角色了。

后来在酒店的酒吧，乔治、吉姆和旅馆店主谈起刚结束的橄榄球赛季，显得兴高采烈。艾丽丝想，奇怪的是乔治和吉姆没有跟考敦镇上他们朋友的妹妹们在一起。她知道，镇上的每个人得知乔治和南希谈恋爱，都很意外，因为南希的兄长们从不打橄榄球，他们都以为那是因为南希漂亮，风度又好。艾丽丝记得两年前，吉姆·法雷尔对她肆意粗鲁的态度，她以为那是因为她家在镇上毫无地位。如今她从美国回来，觉得自己也带回了一种近乎魅力的东西，她和南希看着男人们聊天时，这种魅力使得她不同以往了。

她没想到会在舞厅看到那么多恩尼斯科西的人。许多人似乎知道南希和乔治即将结婚，他们在舞池里兜圈时，那些人都过来道贺。艾丽丝发觉吉姆只对大家点点头，表示他认识他们，这态度既非不友好，亦非邀请大家走近他。她觉得他比乔治更严肃，乔治倒是一直喜笑颜开，她想这大约是因为吉姆开了一间酒吧，认识人多，同时又与他们保持距离。

整个晚上，除了乔治和吉姆暂换舞伴时，她都与吉姆跳舞。她知道镇上人都在关注和评论她，尤其当音乐节奏突然加快，她和吉姆显然舞姿出众，后来灯光暗下来，音乐也缓了，他们跳舞挨得很近。

舞会结束后，外面的夜晚依旧温暖。吉姆和她让乔治和南希先去车里，说他们会赶上来的。一整天，吉姆的表现无可挑剔，既没有惹她厌烦，也没有过度表现，他貌似十分细心，有时风趣诙谐，该沉默时则沉默，而且彬彬有礼。他在舞厅里鹤立鸡群，那里有的是喝醉酒的、年老体衰的，以及看起来像是坐着拖拉机来考敦镇的人。他英俊、优雅、聪敏，随着夜晚渐渐过去，她愈加为他感到自豪。他们在客房和一幢新平房之间找了块空地，亲吻起来。吉姆动作很慢，不时地捧起她的脸，在昏暗的光线中凝视她的眼，随后热烈地吻她。他的唇探入她口中，她起初轻松地给予回应，但接着就像是动真情了。

在回恩尼斯科西的车上，他们坐在后排，尽力掩饰他们的动作，但还是放弃了，南希和乔治乐不可支。

星期一上午，有口信过来让艾丽丝去大卫公司，她以为是去领工钱。她到那里，看到玛丽亚·葛辛斯又在等她。

“布朗先生要见你，”玛丽亚说，“我去看一下他现在是否有客。”

布朗先生曾是罗丝的老板，也是磨坊的股东之一。艾丽丝知道他是苏格兰人，常见他开着一辆极大的闪闪发光的车。玛丽亚提到他名字时，她注意到玛丽亚眼中的敬畏之情。片刻后，玛丽亚回来说他立刻要见艾丽丝。她领着艾丽丝走过一条通道，进入底端的房间。布朗先生坐在长桌后的高背皮椅上。

“莱西小姐。”他说道，起身探过办公桌，与艾丽丝握手，“可怜的罗丝过世后，我写信给你母亲，我们非常痛心，我想过要去拜访你家。我听说你从美国回来，玛丽亚告诉我，你有簿记证书。是美国的簿记吗？”

艾丽丝说她觉得两种体系之间的区别不大。

“我觉得没什么区别，”布朗先生说，“总之，玛丽亚很高兴你上周结算了工资，但我们并不意外，毕竟你是罗丝的妹妹嘛。罗丝一向效率很高，我们都很怀念她。”

“罗丝是我的好榜样。”艾丽丝说。

“在忙季里，”布朗先生接着说，“我们几乎都没法待在办公室，但我们肯定需要一个簿记员，也长期需要一个熟悉工资支付的人。我们希望你能兼职来算工资，这样我们能不时向你请教。”

“我就要回美国去了。”艾丽丝说。

“对，当然了，”布朗先生说，“但在你做出最终决定之前，我们还会再谈一谈的。”

艾丽丝差点要说自己已经做了最终决定，但既然布朗先生的语气暗指此刻并不想深入探讨这个话题，她便不再多言。她站了起来，布朗先生也站了起来，送她到门口，让她给她母亲带去问候，之后玛丽亚·葛辛斯送她出门，已经备好了装着工钱的信封。

艾丽丝答应过那天傍晚去南希家看看婚礼早餐的邀请人员名单，并与她一起定好他们的座位。她困惑地说起她与布朗先生的会面。

“两年前，”她说，“他根本就不会见我。我知道罗丝问过他，是否有可能为我安排一个工作，他说不行。一口回绝。”

“嗯，情况变了。”

“两年前，在雅典娜神庙，吉姆·法雷尔好像觉得无视我是他的义务似的，即使乔治请他和我跳舞都不肯。”

“是你变了，”南希说，“你看起来不一样了，你身上的一切都变了，不仅对那些熟悉你的人是这样，还有对镇上只是认识你的人也一样。”

“什么变了？”

“你变得更成熟稳重了。而且你穿着美国衣裳也显得不同。你有了气质。吉姆老是让我们找借口一起出去玩。”

后来，艾丽丝和母亲在睡觉前一起喝茶，母亲提醒她说，她以前就认识法雷尔一家，尽管她已多年未去他们家，那就在酒吧楼上。

“外面不怎么起眼，”她说，“但那是镇上最漂亮的房子之一。楼上的两间屋子之间有对开的门，我记得很多年前大家就在说那房间很大。我听说他父母正要搬家去格兰布瑞恩，他母亲就是那里的人，她阿姨留了房子给她。他父亲喜欢马，很懂赛马，打算在那里养马，我听说的就是这样。吉姆得到了整个酒吧。”

“他会想念他们的，”艾丽丝说，“因为他想出去玩的时候，是他们在照顾酒吧。”

“哦，这时间可短不了。”母亲回答说。

艾丽丝上楼后，看到床上有两封托尼写来的信，她诧异地觉醒自己又忘了给他写信。她看着两个信封上的笔迹，站在关着门的屋里，觉得他的一切都显得如此遥远，这真奇怪。不仅如此，连同布鲁克林发生的一切都仿佛溶解了，不再历历在目——比如她在基欧夫人家的房间、她的考试、从布鲁克林学院回家的电车、舞厅、托尼和他父母以及三个兄弟一起住的公寓，还有巴尔托奇的营业厅。她回忆着，似乎想要寻回仅仅就在几周之前曾经装满细节、如此坚实的一切。

她把信放在抽屉柜上，决定明晚从都柏林回来后写信。她要告诉托尼有关南希婚礼准备的事，她和母亲买的行头。她也许还会告诉他与布朗先生的见面，她是怎么对布朗先生说会回布鲁克林的。她写信时，会像没看过这两封信似的，她想此刻先不要拆信，等到写完信再说。

她一想到将会远离这些——如此熟悉、温暖，令人感到慰藉的屋子——回到布鲁克林，并且相当长时间内不再回来，就害怕了。她坐在床沿脱了鞋，枕着胳膊躺倒，明白自己每一天都故意不去想离开的事，不去想回去会遇到什么。

有时这念头来得猛烈，但大多数时候她并未念及。她得使劲去记住自己已嫁给托尼，她得去面对布鲁克林汗流浃背的炎热，巴尔托奇营业区日常的无聊时光，还有基欧夫人家的屋子。她要去面对的生活似乎已成苦难，陌生的人、陌生的口音、陌生的街道。她努力将托尼作为爱和安慰来思念，但她看到的却是无论是否喜欢都得捆绑在一起的人，她觉得这个人不让她忘记这种捆绑的性质，不让她忘记他需要她回去。

婚礼前几天，艾丽丝在大卫公司上了半天班，吉姆·法雷尔去公司接她，去韦克斯福德吃饭，接着去看电影，然后回家。他问她打算何时回布鲁克林。她已收到轮船公司的信，建议她安排回程时给他们打电话，但她尚未联系。

“我得和轮船公司打电话，也许是下下周。”

“这里有人会想你的。”他说。

“真不想把母亲独自留下。”她说。

他久久无言，直到车开过奥勒盖特。

“我父母快要搬到乡下去住了。我母亲娘家在格兰布里安，她阿姨留给她一块地方，他们正在那里装修。”

艾丽丝没说母亲已经告诉了她这些。她不想让吉姆知道她们曾讨论他的生活。

“所以我得一个人在家看店了。”

她想开玩笑地问他是否会做菜，但也意识到这会打开一个话题。

“你某天傍晚一定要来喝茶，”他说，“我父母很想见到你。”

“谢谢。”她说。

“我们在婚礼后再约。”

他们约好，在恩尼斯科西教堂的婚礼过后，吉姆载艾丽丝、艾丽丝母亲、安妮特·奥布莱恩以及她妹妹卡梅尔去参加韦克斯福德的婚宴。那天早晨，弗莱瑞街，她们早早醒了，母亲端着咖啡来到她卧室，说今天多云，希望不会下雨。昨晚她们都把早上要穿的衣服拿出来了。艾丽丝的一身是从都柏林的阿诺特百货商店买的，已经改了一改，裙子和袖子都太长。裙子是大红色的，她配了一件白色绣花的棉布衬衫，那是在美国买的，还有浅红色的袜子和红皮鞋、红帽子、白色手包。母亲穿的是从斯威策百货商店买的灰色斜纹软呢套装。她很遗憾自己只能穿普通的平跟鞋，因为她脚疼，只要遇热或是走长路就会肿胀。她还要穿一件灰色丝绸衬衣，那原来是罗丝的，她说不仅因为自己喜欢，也因为罗丝喜欢，在南希的婚礼上穿罗丝曾经喜欢的衣服很不错。

他们说好，一旦下雨，吉姆会接她们去大教堂，如果天晴，他会在那里和她们会合。艾丽丝给托尼写了几封信，又收到了一封，说他和莫里斯、劳伦斯一起去长岛看了看他们买的地，并把地分成了五块。他说，大家都传言通往他们那里的水电都会相当便宜。艾丽丝折好信，拉开抽屉和托尼的其他几封信放在一起，那儿还有那天在古虚口沙滩拍的照片，是南希给她的。她看着自己和吉姆的合影，他们看起来真开心啊，他的胳膊搂着她的脖子，朝相机咧嘴笑，她的头往后靠，笑得无忧无虑。她不知道该拿这些照片怎么办。

母亲看天气时，艾丽丝知道她在盼着下雨，她恨不得吉姆·法雷尔开着车来接她们母女俩，把她们载到不远处的大教堂。因为婚礼，邻居们才会随意地来家中观看艾丽丝母女的打扮，并祝她们玩得开心，这种日子少有。艾丽丝想，有些邻居也注意到了她和吉姆·法雷尔在约会，并且与她母亲一样，把吉姆看作金龟婿，一个在镇上有自己事业的年轻人。她想，如果吉姆·法雷尔来接她们，母亲会觉得这是从艾丽丝回家后最精彩的场面了。

第一滴雨砸在玻璃窗上，毫不掩饰的满足之情出现在母亲脸上。

“我们不要冒险，”她说，“我怕我们还没到集市广场，就下大了。我担心红色会串色到你的白衬衫上。”

接下来半小时，母亲望着前窗，看雨势是否缓下来，也看吉姆·法雷尔是否会早到。艾丽丝待在餐厅，已经做好一切准备，只等吉姆来。母亲来餐厅说，她们应该请他进来，而艾丽丝坚持说吉姆开车来，她们就出去。最后她还是和母亲一起去窗边眺望了。

吉姆来了，他打开驾驶室的门，提着把雨伞迅速走了出来。艾丽丝和母亲急急地走到大厅，母亲开门。

“别担心时间，”吉姆说，“我会把你们俩载到大教堂前再停车，我想我们的时间充足。”

“我给你倒杯咖啡。”母亲说。

“可惜没时间了。”吉姆笑着说。他身着浅色西服，蓝衬衫配条纹蓝领带，褐色皮鞋。

“我以为这只是一场阵雨。”母亲边说边走向汽车。艾丽丝看见隔壁的马格斯·劳顿出来挥手。她站在门口等吉姆打伞过来，但没有朝马格斯挥手，不想让她有话可说。艾丽丝关了门朝汽车走去，看到又有两扇门开了，便知道母亲很高兴，因为这消息会传开：艾丽丝母女打扮齐整，被吉姆·法雷尔接走了。

“吉姆是顶好的绅士。”她们走进教堂时，母亲说道。艾丽丝发觉母亲步伐缓慢，浑身洋溢着骄傲和尊严，也不左右旁顾，很清楚自己此刻正在接受众人瞩目，也很享受自己和艾丽丝，以及等会儿来的吉姆·法雷尔一起在教堂里的样子。

但这与南希的模样相比不值一提，南希戴着面纱，穿着长长的白裙，由父亲陪伴从走道缓缓而来，乔治在圣坛等她。弥撒开始后，教堂里的人都坐定，艾丽丝身边坐着吉姆，她发现自己正念着清晨醒来时的一个想法，她自问如果吉姆向她求婚她会如何。这个想法显然是荒诞不经的，他们彼此并不很熟，这几乎不可能。她也觉得自己会尽力避免使他这么做，因为除了拒绝她不会有别的回应。

然而她无法停止去想，如果她写信告诉托尼，说他们的婚姻是个错误，会怎么样呢？离婚有多么容易？她有没有可能告诉吉姆，不久前在布鲁克林，她做过什么？镇上人所知道的唯一一位离婚人士，是伊丽莎白·泰勒，或者还有其他几个电影明星。也许对吉姆解释她是怎么结婚的还算容易，但他从未在镇子以外生活过，他的纯真和礼貌使他很好相处，但她觉得这实际上也是提出离婚的局限所在，特别是当某些事情从未听闻，没法想象，超越经验范畴之时。她想最好的办法就是不去想这件事，但如今却已困难，婚礼进行中，很难不去梦想她自己站在圣坛上，兄弟们回家参加婚礼，母亲知道艾丽丝将会和她生活在几条街外的好房子里。

艾丽丝领完圣餐，祈祷时发现自己正在回答她在祈祷中提出的疑问。答案就是没有答案，无论她做什么，都是错误的。她想象着托尼和吉姆面对面或是相遇了，他们都在微笑，都散发着温暖、友好、随和的气息，吉姆没有托尼那么急切，也没他那么风趣、好奇，但更有自信，更明白自己在世上的位置。她又想到此刻在教堂里站在身旁的母亲，罗丝之死带来的灾难和打击，已经因为艾丽丝的回家而减轻了。她看到他们三人——托尼、吉姆、母亲——正是她可以摧毁的人，他们是周遭环绕着光明和澄澈的纯洁的人，而围绕他们的是黑暗而摇摆的她。

南希和乔治一起走过通道时，她只想加入那甜蜜、坚定而又纯洁的队伍，在开始一段新生活前不会觉得自己做过愚蠢和伤人的事。无论她如何决定，都无法逃避眼下的所为，或是将来的所为带来的后果。她和吉姆、母亲一起走过通道，到教堂外加入祝福的人群，这时天气已经明朗，她突然想到，自己现在确实不爱托尼。他像是一个不久前的梦，她猛然醒来，梦醒时分，他曾经坚实的存在缺少了质感与形体，变成白天与黑夜逗留在时间边缘的影子。

他们在教堂外摆姿势拍照，太阳完全出来了，很多围观者过来看新娘新郎，他们正乘了一辆租来的挂满彩带的大轿车，要去韦克斯福德。

婚礼早餐时，艾丽丝一边与坐在一侧的吉姆·法雷尔说话，一边与另一侧的乔治的弟弟说话，他刚从英国回来参加婚礼。她母亲饶有兴致地观察着她。她有趣地发现，每次母亲往嘴里塞一口食物，就抬眼看看坐在那里的艾丽丝，以及一动不动坐在她右边的吉姆·法雷尔，他们似乎相处得很愉快。乔治·谢里登的母亲就像一位上了年纪的公爵夫人，身上除了一顶硕大的帽子、老式的珠宝和无比端庄的尊严，什么都没有。

宣誓结束后，新娘新郎合影，然后分别与自己家人合影，母亲找到艾丽丝，悄悄对她说，她自己找了个顺风车，和奥布莱恩姐妹一起回恩尼斯科西。母亲的语气透着愉悦和暗示。艾丽丝觉得吉姆·法雷尔会以为她母亲故意这样设计的，而她无法让他不认为她并没有参与其中。她和吉姆望着轿车远去，为新婚夫妇欢呼，这时南希的母亲过来了，浑身散发着幸福的气息，艾丽丝觉得她喝多了雪利酒、葡萄酒和香槟酒。

“吉姆，”她说，“下一次我们的盛大活动就是你的大日子了，这话可不是我一个人说的。艾丽丝，南希回家后会给你很多建议的。”

她咯咯笑起来，艾丽丝觉得她笑得莫名其妙。艾丽丝环顾周围，确定没人注意到他们。她看到吉姆·法雷尔冷冷地望着伯恩夫人。

“我们不打算——”伯恩夫人继续说，“让南希住到谢里登家，而且，艾丽丝，我听说法雷尔一家要搬到格兰布瑞恩去了。”

伯恩夫人的表情颇有些旁敲侧击，艾丽丝想找个借口，直接跑去洗手间，就不用听她唠叨。不过这样一来，吉姆就得一个人和她周旋了。

“吉姆和我答应了我妈妈，我们要让她搞清楚汽车停在哪里。”艾丽丝飞快地说了一句，拉了拉吉姆的袖子。

“喔，吉姆和我！”伯恩夫人惊叫道，像是星期六晚上正在回家路上的乡下女人，“你们听到了吗？吉姆和我！喔，我们用不了等很久就又能有大活动了，你母亲会很高兴的，艾丽丝。她那天拿着结婚礼物来，对我们说她很开心，她为什么很开心？”

“我们得走了，伯恩夫人，”艾丽丝说，“真抱歉。”

他们走开一段后，艾丽丝转向吉姆，眨了眨眼，又摇头。

“想想看有这种丈母娘！”她说。

她觉得这有点不讲义气，不过能让吉姆相信她并没有和伯恩夫人串通一气。

吉姆挤出一个冷淡的微笑。“我们走吗？”他问。

“走，”她说，“我母亲知道怎么搭车回恩尼斯科西。我们没必要再待在这里了。”她摆出一副由不得你的姿态。

他们驶出塔尔伯特酒店的停车场，沿着码头开，然后过桥。艾丽丝决定不再去想母亲可能对伯恩夫人说了什么，或者不去想的其实应该是伯恩夫人说了什么。如果吉姆愿意解释他为何这般沉默，拉长着脸，他可以尽情地说。她决定只要他不说话，她也不说话，也不做任何事来吸引他的注意力，讨他欢心。

他们转向克拉克劳后，他终于开口，“我母亲让我告诉你，高尔夫俱乐部将要为纪念罗丝而设立一种奖章。这会由女队长在纪念日当天作为特殊奖章颁发给俱乐部新来的女性成员中得分最高的那位。她说，罗丝一直对镇上的新人很好。”

“是的，”艾丽丝说，“她一直对新人很好，没错。”

“嗯，他们有个招待会，下周宣布这一奖章，我母亲觉得你可以先来和我们喝茶，然后一起去高尔夫俱乐部参加招待会。”

“那真好。”艾丽丝说。她差点要说她母亲听到这消息定会高兴，但她想今天他们已经说母亲够多的了。

他停下车，他们朝沙滩走去。虽然天气依旧暖和，风却很大，海上起了雾。他们朝北面的巴里肯尼加行去。她觉得离开婚礼后，和吉姆在一起轻松愉快，他没再提刚才伯恩夫人的话，似乎也没放在心上。

他们走过巴里瓦洛后，在沙丘上找到个能安坐的地方。吉姆先坐下来，然后给她让了地方，这样她就背对着他。他双臂拥抱着她。

沙滩上没有旁人。他们望着波浪轻轻地冲刷着柔软的沙子，过了好一会儿才开口。

“你喜欢这婚礼吗？”他终于问道。

“喜欢。”她说。

“我也喜欢，”他说，“我看到别人的兄弟姐妹总觉得很有趣，因为我是独生子。我想你失去姐姐一定很痛苦。今天看到乔治和他兄弟在一起，南希和她姐妹在一起，我觉得有些异样。”

“作为独生子有难处吗？”

“我想，现在关系比以前更大了，”吉姆说，“我父母年事渐高，只有我一个孩子。但也许其他方面也有关系。我其实不擅长与人打交道。我能和酒吧里的客人聊天，知道该怎么做。但我说的是交友。我不擅长交友。我总是觉得大家不喜欢我，或者不知道该怎么和我相处。”

“但你有很多朋友啊。”

“不是很多，”他说，“而且他们有女朋友之后，就更少了。和姑娘们聊天，我总是觉得为难。你还记得我第一次见你的那天晚上吗？”

“你是说雅典娜神庙？”

“是的，”他说，“那晚去舞会的路上，我当时在交往的艾利森·普伦德加斯特把我甩了。我知道会有这么一天，但她竟然在去舞会的路上这么做。另外我知道乔治真的是为南希着迷，她也在那儿，那么他就会与她在一块。接着他带你来了，我在镇上见过你，我喜欢你，你是单身，又漂亮和气。我想我又沦陷了。如果我请她跳舞，我会舌头打结的，但还是觉得应该这么做。我讨厌一个人站着，可就是没法来请你。”

“你应该那么做。”她说。

“后来我听说你走了，我想这是我命中注定。”

“我记得那天晚上的你，”她说，“我的印象是你不喜欢我们，我和南希。”

“然后我听说你回家了，”他好像自说自话，“我看到了你，你那样子很迷人，而我因为和南希妹妹的事，一直情绪低落，我想我一定要再与你见面。”

他把她拉近了，双手放在她胸前。她听到他沉重的呼吸声。

“我们能聊聊你想做什么吗？”他问。

“当然。”她说。

“我是说，如果你一定要回去，那么我们也许可以先订婚。”

“这个我们以后再谈吧。”她说。

“我是说，如果我这次失去了你，好吧，我不知道怎么说，但……”

她转过身，他们开始亲吻。他们流连忘返，直到雾气加重，夜幕降临。他们走向汽车，开回了恩尼斯科西。

几天后，吉姆母亲来了封短笺，正式邀请艾丽丝下星期四去喝茶，通知她高尔夫俱乐部为纪念罗丝举办的招待会，他们茶后就去参加。艾丽丝把信给母亲看，问她是否愿去，母亲却说不去，因为去了会很伤心，但她很高兴艾丽丝代表家庭和法雷尔一家同去。

接下来的周末，雨下个不停。星期六，吉姆来访，他们去了罗斯莱尔，在海滨酒店共进晚餐。用甜点时，她想把一切都告诉他，请求他的帮助，甚至是建议。她觉得他人好，某些方面明智而聪敏，但他也很保守。他喜欢自己在镇上的地位，开一家受人尊重的酒吧，出身于一个受人尊重的家庭，这对他来说意义很重。他从未在生活中离经叛道，她也觉得他永不会出格。他的人生观和世界观中未能包括与一个已婚女子在一起的可能性，更糟糕的是，这个女子还没有告诉他，也没告诉任何人，她已经结婚的事实。

她在酒店餐厅柔和的灯光下看着他友善的脸庞，决定此刻什么都不对他说。他们开车回恩尼斯科西。她在家读着卧室抽屉里托尼的那些信，有几封还没有拆开，她意识到，永远不会有告诉他的一日了。这不能说。他对她欺骗的反应是无法想象的。她只能回去。

她已经推迟了给弗勒德神父、福尔蒂尼小姐和基欧夫人写信说明晚归。她想在之后几天内写信，尽量不再把要做的事往后延。但一想到要告诉母亲她的归期，对吉姆·法雷尔道再见，她仍然满心惶恐，立刻把这想法从脑海中驱赶出去。她想，过后再思考这事吧，此刻不行。

高尔夫俱乐部活动的前一天，过了中午，她独自去墓地给罗丝上坟。淅沥小雨，她撑着伞。到墓地时，风中仍有寒意，虽然时已七月初。灰暗的天色下，狂风大作，罗丝永眠的那块墓地满目荒凉，没有树木，没有生长的东西，只有一排排墓石、通道，地下是沉默的死者。艾丽丝辨认着墓石上她认识的名字，她中学同学的父母或祖父母，她记得的那些人，都已经走了，留在小镇边缘的这块地方。这会儿大多数人都还被生者纪念着，但随着年岁推移，记忆会逐渐消退。

她站在罗丝墓前，想祈祷或小声说些什么。她心感悲伤，觉得到这里来，让罗丝的灵魂知道她是多么受人怀念，也许已然足够。但她哭不出来，也无话可说。她伫立许久，终于离开，走出墓园向夏山和修道院行去时，心如刀割。

她走到大街街角，决定不走后街，穿镇而过。看到来来去去的人脸，灯火通明的商店，也许可以缓解噬心的悲伤和对罗丝的内疚，因为她没能对她说话，也没为她祈祷。

她从街对面经过大教堂，朝集市广场走去，这时听到有人叫她名字。原来是为凯莉小姐工作的玛丽，正隔着马路朝她叫喊，招手。

“什么事？”艾丽丝问。

“凯莉小姐想见你。”玛丽说道。她上气不接下气，面露惊恐，“她叫我现在一定要把你带过去。”

“现在？”艾丽丝笑问。

“现在。”玛丽重复了一遍。

凯莉小姐等在门口。

“玛丽，”她说，“我们要上楼一会儿，如果有人找我，就说我过会儿下来。”

“是，小姐。”

凯莉小姐打开通往她居室的门，让艾丽丝进去。艾丽丝关上门后，凯莉小姐领着她走过一段黑暗的楼梯，到了会客厅，房间朝街，但几乎与楼梯井一样昏暗，艾丽丝觉得这里家具太多了。凯莉小姐指了指放着报纸的椅子。

“把那放地上，你坐。”她说。

凯莉小姐坐在她对面的一张老旧的皮沙发椅上。

“你现在过得如何？”她问。

“很好，谢谢，凯莉小姐。”

“我也这么听说了。我昨天想到了你，就想见见你，因为我昨天收到了玛奇·基欧从美国寄来的信。”

“玛奇·基欧？”艾丽丝问。

“她就是你的基欧夫人，也是我的表亲。她结婚之前姓的是康酊，我母亲也姓康酊，上帝保佑她安息，她们是堂姐妹。”

“她从没提过这事。”艾丽丝说。

“哦，康酊一家总是很亲密的。”凯莉小姐说，“我母亲也是这样。”

凯莉小姐的语气有些轻佻，艾丽丝觉得她像是在模仿她自己。艾丽丝自问，凯莉小姐可能是基欧夫人的表亲吗？

“是这样吗？”艾丽丝冷冷地问。

“当然她把你刚到那里的事都告诉我了。但后来就没消息，玛奇有个规矩，只有你和她保持联系，她才会与你保持联系，而我每年给她打大约两次电话。我从不煲电话粥，因为话费太贵。但她很喜欢讲电话，特别是有新闻的时候。你回家后，就有消息传来，我听说你从未出过克拉克劳，而且打扮得花枝招展去了考敦镇，后来有个来我店里买东西的小家伙告诉我，他在古虚口给你们大家拍了合影。他说你们一群人真不错。”

凯莉小姐似乎说得自得其乐，艾丽丝没法阻止她说下去。

“于是我打电话，把这些消息都告诉了玛奇，还有你在大卫公司领工钱的事。”

“你都说了，凯莉小姐？”

艾丽丝明白，凯莉小姐说的每个字都是精心策划的。在古虚口拍照的那个男人，艾丽丝已经记不清他的容貌，之前也从未见过，此人却在凯莉小姐店里议论她，这消息还传到了布鲁克林的基欧夫人那里，她顿时害怕了。

“她一有消息，也会打电话来，”凯莉小姐说，“所以，就这样了。”

“她说了什么，凯莉小姐？”

“哦，我以为你知道她说了什么。”

“是有趣的事吗？”

艾丽丝用语调来抗衡凯莉小姐的轻蔑之意。

“哦，别想糊弄我了！”凯莉小姐说，“你能糊弄大多数人，但糊弄不了我。”

“我确定自己不想糊弄任何人。”艾丽丝说。

“是吗，莱西小姐？你现在还姓这个吗？”

“你什么意思？”

“她把一切都说了。常言道，这世界很小。”

艾丽丝从凯莉小姐洋洋得意的神情看出，她没能掩饰自己的惊慌。她周身起了一阵寒意，寻思难道托尼去见过基欧夫人，说了他俩结婚的事。但她当即认为这不可能。更可能的是那天在市政中心排队的人中有人认识她和托尼，或看到他们的名字，并把这消息传给了基欧夫人或她的密友。

她站起来：“你就想说这些吗，凯莉小姐？”

“是的，不过我还会给玛奇打电话，说我见过你的事。你母亲如何？”

“她很好，凯莉小姐。”艾丽丝在颤抖。

“我看到你在伯恩家的婚礼后，和吉姆·法雷尔进了一辆车。你母亲看上去气色不错。我有段时间没见到她了，不过觉得她气色很好。”

“她会很高兴听到这个。”艾丽丝说。

“哦，我也相信。”凯莉小姐说。

“说完了吗，凯莉小姐？”

“说完了。”凯莉小姐阴沉沉地朝她一笑，站了起来，“别忘了你的伞。”

到了街上，艾丽丝从包里找出一封轮船公司的来信，上面有订票的电话号码。在集市广场，她进了哥德弗瑞店，买了几个便条本和信封。她沿着城堡街走下城堡山，到了邮局。她在柜台上报了要打的电话号码，他们让她在办公厅一角的电话亭等候。电话响了，她拎起听筒，对轮船公司业务员报出自己的姓名和其他信息，业务员找出她的文件，告诉她从科夫去纽约的航班最早是周五，即后天，如果合适，他会给她订三等舱的票，不加收费用。她同意了，他报了起航时间与预计抵达的日期，她便挂了电话。

付好话费，她要买航空信封。营业员拿了几个出来，她买了四个，去窗口的小写字座写了四封信。对弗勒德神父、基欧夫人、福尔蒂尼小姐，她只是为晚归而道歉，说了她的回程日期。对托尼，她说她爱他，想念他，希望能在下周周末与他在一起。她给了他航班的名称和具体抵达的可能时间。签了名，缄好另三封信，又看了一遍写给托尼的，想撕掉重写，但又改变主意，缄了信封，和其他三封一起递到办公桌上。

走上弗莱瑞山街时，她想起把伞忘在了邮局，但没有回去拿。

母亲在厨房里洗东西，艾丽丝进门时，她转过身。

“你走后，我想我应该和你一起去，那是个荒僻的地方。”

“墓园吗？”艾丽丝边问边坐到餐桌边。

“你不是去那里吗？”

“是的，妈。”

她以为自己可以聊一聊，却发觉不能，嘴里一个字眼都没有冒出来，只有几下沉重的呼吸。母亲又转身看着她。

“你没事吧？你不开心吗？”

“妈，我刚回来就应该告诉你一件事，但我直到现在才说。我回家前，在布鲁克林结婚了。我已经嫁人了。我应该一回来就告诉你的。”

母亲拿过一块毛巾开始擦手。然后把毛巾仔细地叠好，缓缓地走到桌前。

“他是美国人吗？”

“是的，妈，他是布鲁克林人。”

母亲叹了口气，伸手扶住桌子，仿佛需要支撑。她慢慢点了点头。

“艾丽，如果你结婚了，你就应该和丈夫在一起。”

“我知道。”

艾丽丝把头靠在手臂上，哭了起来。她抽噎着抬头，看到母亲一动未动。

“他人好吗，艾丽？”

她点头，“很好。”

“如果你嫁给他，那么他应该是好人，我是这么想的。”她说。

母亲的声音柔和，低沉，令人宽慰，但艾丽丝从她目光中看出她竭尽全力才没有说出她想说的话。

“我得回去了，”艾丽丝说，“明早就走。”

“你一直瞒着我？”母亲说。

“对不起，妈。”她又哭了。

“你非得嫁给他吗？你遇到麻烦了吗？”母亲问。

“没有。”

“那么告诉我，如果你没嫁给他，还会回去吗？”

“我不知道。”艾丽丝说。

“那么你要去赶明早的火车了。”母亲说。

“是的，火车去罗斯莱尔，然后去科克。”

“我去让乔·邓普西明早来接你。我会叫他八点过来，你有充裕的时间赶火车，”她停了一停，艾丽丝看到她满脸疲惫，“然后我就去睡了，我太累了，明早就不送你了。现在就说再见吧。”

“现在还早啊。”艾丽丝说。

“我现在就说再见，只说一次。”她的声音很坚决。

母亲朝她走来，艾丽丝站起来，母亲抱住了她。

“艾丽，你别哭了。如果你决定嫁人了，那么他一定得是个好人，是个很特别的人。他是那样的，对吗？”

“对的，妈。”

“好，那就般配了，因为你一点不差。我会想你的。但他也一定在想你。"

母亲在门廊里徘徊着，艾丽丝等着她说些别的，但母亲只是望着她一言不发。

"你回去后会给我写信说他的事吗?"她终于问道，"你会把所有的事都告诉我吗?"

"我一回去，就写信给你说他的事。"艾丽丝说。

"我再说下去就要哭了。我这就去邓普西家，给你安排一辆车。"母亲说着走出房间，迟缓的步伐中透着尊严和从容。

艾丽丝默默坐在厨房。她心想母亲是否早就知道她在布鲁克林有男友。艾丽丝写给罗丝的信从未被提起，但必定被放在某处了。母亲那么细心地清理罗丝的东西。她自问，母亲是否早就准备好了这番言辞，等她来说是因为男友才回去的。她几乎盼望母亲能对她动怒，或表示失望之情。但母亲的反应使艾丽丝觉得，她在这世上最不想做的一件事情是独自在晚上默默地收拾行李，而母亲在自己的卧室里听着这些动静。

起初她觉得应该去见见吉姆·法雷尔，但随即意识到此刻他正在吧台后工作。她想象着自己走进酒吧，找到他，想和他说话，或等着他找父亲或母亲来代管吧台，她与他出去，告诉他自己要走了。她能想象他受的伤害，但她不知他会怎么做，会对她说等她离婚，请她留下来吗，还是要她给一个解释为何这么误导他。她想，去见他不会有任何结果。

她想到留一张便条，说她必须回去，并投到他家，他会在深夜或明早才看到。如果他晚上看到，会立刻来找她。于是，她决定明早去火车站的路上才投出。她只说自己要回去，她很抱歉，她到了布鲁克林会写信解释缘由。

她听到母亲回来，慢慢地上楼去了，她想跟着上去，请她在自己打包行李时陪在一旁说说话。但母亲说再见只有一次时那般坚决执拗使得艾丽丝觉得在离家之前去索求祝福或提别的要求都是枉然。

她在卧室里给吉姆·法雷尔写了封短笺，放在一旁。她从床下拖出行李箱，放在床上，开始把衣服一件件放进去。她想象着母亲此刻正听着衣橱门打开，挂着的衣服从挂杆上取下来的声音。她想象着母亲正紧密关注着她的脚步声在屋子里来来回回。她打开存着托尼信的抽屉时，行李箱几乎已满。她拿出信塞进了箱子侧面。她会在横渡大西洋时拆读还没有读过的信。过了一会，她拿着那天从古虚口拍回的照片，与吉姆、乔治、南希的合影，还有那张与吉姆单独的合影，他们对着相机笑得如此无邪，她觉得自己会撕毁这些相片并扔进楼下的垃圾箱。但她又想了一想，慢慢地把衣服从箱子里拿出，把两张照片朝下安全地放在箱子底层，再盖上衣服。她想，以后她会看看照片，想起往事，但她明白，往事很快就会变成一场离奇、模糊的梦。

她关了箱子，提到楼下放在门廊。天色仍亮，她坐在餐厅吃了点东西，夕阳的余晖从窗口进来。

那段时间里好几次，她想端着茶、饼干或三明治去给母亲，母亲的房门还是关着，屋子里悄无声息。她知道如果敲门，或者开门，母亲定会坚决地说自己不想被打扰。后来艾丽丝去睡觉前经过罗丝的房门，想进去再看一眼姐姐过世的地方，但她在门外站了站，怀着尊敬的心情垂下眼，没有进门。

她没有拉窗帘，被早晨的阳光弄醒。时间还早，除了鸟鸣，万籁俱静。她知道母亲也醒来了，正在倾听每个声响。她悄悄地动作，穿上准备好的干净衣服，下楼把换下的衣服和化妆品放进行李箱。她检查了一遍，什么都没漏——钱、护照、轮船公司的信、给吉姆·法雷尔的便条。接着她坐在前厅，等乔·邓普西的车来。

车到了，她在他敲门之前就出去。她在唇边竖起手指，表示不要说话。他把行李箱放在后备厢，她把钥匙留在门厅衣架上。开车出去时，她请他在拉夫特街法雷尔家门口停留片刻。车停下来，她将便条塞入大门口的信箱。

火车沿着斯兰尼铁路向南开，她想到吉姆·法雷尔的母亲拿着晨报上楼。吉姆会在账单和商务邮件中发现她的信。她想着他拆开信，想他会怎么做。在早晨的某一时刻，他会来到弗莱瑞街的楼房，母亲会开门看着吉姆·法雷尔，勇敢地挺起肩膀，咬紧牙关，她的目光透出无可言喻的悲哀和她能够唤起的骄傲。

“她回布鲁克林了。”母亲会如此说。当火车驶过通往韦克斯福德的麦克迈大桥，艾丽丝想到多年之后，这句话对听到它的男人而言意义越来越小，但对她却越来越重。她想着差点笑了起来，随后合上眼，什么都不去想了。

译后记

《布鲁克林》是托宾继《大师》之后的长篇小说。与托宾以往的作品相比，《布鲁克林》较为好读，人物和线索简单，情节也不复杂。说的是二十世纪五十年代，一个爱尔兰小镇姑娘艾丽丝，独自去美国工作求学的经历。小说跨度不过一两年，其间没有惊心动魄的曲折故事，发生的爱情也称不上浪漫，除了艾丽丝姐姐罗丝的猝然故世，一切都平易犹如四季寒暑。但这种平易对熟悉托宾的人来说，并不意外，这本是他风格的一部分。他把极大的热情和天赋都倾注在了人物的心理描写上，擅长从沉默和空白中发掘出微妙的气氛。这点读者在他的《大师》中便已领略。偶尔，仍能在《布鲁克林》中发现《大师》的影子，当艾丽丝去到美国，将生活细节如数写入家信，并在吸纳新事物时不断地排检着哪些可以告诉亲人，哪些不能，我们可以会心一笑，那个老是谋划着利用八卦来丰富自己写作素材的詹姆斯又回来了。但绝大多数时候并不如此，艾丽丝是个看起来很普通的女子，阅历浅薄，循规蹈矩，思想也传统，透着爱尔兰小镇的乡土气息，也许与那个年代很多怀着迷惘和希冀去美国碰运气的移民没什么两样。但她在托宾笔下获得了非凡的自省能力。她不停地思考着生活的种种境遇，她对异国和家乡的感觉时时发生着变迁，尤其是对阔别许久的家乡，从刻骨的思念，不经意间的释怀，到回家乡后的陌生感，到重新熟悉和自如起来，这些在书中都细微可呈。

艾丽丝的爱情，和她的去留绾合在一起。艾丽丝始终在做一个选择，选择留在美国，或是回到家乡。她在布鲁克林的爱尔兰人舞会上遇到托尼，与之相恋并在她回国奔丧前秘密结婚。之后，多少有点衣锦还乡的她，蓦然发现出国前对她冷眼相待的另一个男人吉姆，实际上与她扮演了《傲慢与偏见》里的角色，她或许更偏爱吉姆一些，更要紧的是，吉姆代表了她的家乡，是“在小镇的街道上自然生长出来的”，当她开始在去留之间摇摆不定时，吉姆在她内心的天平一端加了砝码。

> 她此刻希望未曾与他结婚，并不因为她不爱他，不想回到他身边，而是因为没有告诉母亲和朋友使得她在美国度过的每一天都好似一场梦，没法与她在家中度过的时光相提并论。她有种奇怪的感觉，仿佛自己分裂成了两个人，一个奋斗过布鲁克林的两个冬季和许多艰难时日，并在那里陷入爱河，另一个是她母亲的女儿，是大家都认识或是大家都以为认识的那个艾丽丝。

截然不同的文化背景和遥远的距离，造成了艾丽丝的分裂感。这或许是托宾的意外收获，因为就我个人感觉，他似乎并没有着意于文化风俗的对比，更或许是，有意避开了这样的写法。然而爱尔兰小镇和纽约布鲁克林地区的两种生活，鲜明生动，艾丽丝正如封面上那个女孩，处在阳光下，眼神略带迷惘，仿佛不知何去何从，又仿佛已知自己的宿命，只是宁愿暂时搁置这一想法。于是小说呈现出两种不同的视角，一种是时间上的延续，是单一的线索和接近第一人称的叙述者，另一种则是人物和生活的断片。

书里许多人物，没有一以贯之的故事，对于一部表现手法较为传统的小说而言，这似乎有些诡异。但细想来，是作者的诡计吧。艾丽丝在跨大西洋海轮上遇见的同船女子，在布鲁克林学院读法律的授业老师，在教堂爱尔兰人舞会上看到的歌手，还有那几个与她关系若即若离的房客……他们都不缺乏精致的细节和在艾丽丝心中产生的回响，但没有各自的故事，仿佛是艾丽丝生命中的过客。

艾丽丝最终的选择，也和大部分的情节一样，意料之中，也在情理之中。在美国和家乡，在已有名分的丈夫和新认识的男友之间，她选择了前者。这一选择半是无奈，因为道德的惯性使然，但是做出决定的整个过程，无异于一场被拉长了的心理战役。好友结婚、母亲的期待、在小镇上为人赏识，重获自信，众多的生活细节都加入这一选择中来，从而使得小说的最后一部分，从一贯的淡然中露出锋芒，爱情开始得容易，过程却布满了权衡与动摇。到了最后，说不清艾丽丝究竟为何踏上归程，她甚至已知道做出了令自己后悔的决定：

> “她回布鲁克林了。”母亲会如此说。当火车驶过通往韦克斯福德的麦克迈大桥，艾丽丝想到多年之后，这句话对听

到它的男人而言意义越来越小，但对她却越来越重。她想着差点笑了起来，随后合上眼，什么都不去想了。

然后命运的车轮，又岂是她能明白的。她知道的只是昨天和今天，却不知道明天。这就是艾丽丝，一个和我们如此仿佛的女孩。愿她能得到幸福。

柏栎　二〇一〇年二月

Colm Tóibín
Brooklyn

图字:09-2020-394 号

图书在版编目(CIP)数据

布鲁克林/(爱尔兰)科尔姆·托宾(Colm Toibin)著;柏栎译.—上海:上海译文出版社,2021.10(2025.7 重印)
书名原文:Brooklyn
ISBN 978-7-5327-8659-6

Ⅰ.①布… Ⅱ.①科… ②柏… Ⅲ.①长篇小说-爱尔兰-现代 Ⅳ.①I562.45

中国版本图书馆 CIP 数据核字(2021)第 160875 号

布鲁克林
[爱尔兰]科尔姆·托宾 著 柏栎 译
特约策划/彭伦 责任编辑/徐珏 封面设计/好谢翔 封面插画/大大黑

上海译文出版社有限公司出版、发行
网址:www.yiwen.com.cn
201101 上海市闵行区号景路 159 弄 B 座
上海市崇明县裕安印刷厂印刷

开本 890×1240 1/32 印张 8.25 插页 2 字数 127,000
2021 年 9 月第 1 版 2025 年 7 月第 4 次印刷
印数:14,001—18,000 册

ISBN 978-7-5327-8659-6
定价:69.00 元